貴族令嬢。俺にだけなつく3

夏乃実

ファンタジア文庫

3349

口絵・本文イラスト　GreeN

貴族令嬢。俺にだけなつく

Aristocratic daughters got used to me.

3

プロローグ

晩餐会《ばんさん》。

それは正式に人を招き、豪華な食事でもてなす会のこと。

主催者や参加者と共に食事をしつつ、主に懇親や交歓、繋《つな》がりを強める目的で開かれる会のこと。

そんな夜会の招待をルクレール伯爵から受けて十数日が過ぎただろうか、貴重な催しが今週に迫った日曜日。

ベレトが勉強に取り組む自室で、背伸びをしながらごそごそとクローゼットを漁《あさ》るシアがいた。

「……」

「……」

仕事をしているシアの邪魔をしないようにと声かけず。

彼女もまた勉強の邪魔をしないようにと声をかけず。

羽根ペンを走らせる音と、衣服と衣服が擦《こす》れる音しか聞こえない空間となっていたが

──折角だから話したい、と思う気持ちが湧いてくるのは自然のことだろう。

「シア、ちょっといい？」

「はい！」

声をかけた瞬間に漁っていた手を止め、すぐに振り返る笑顔のシア。

「あ、手を動かしながらで全然大丈夫だよ」

「いえいえっ！　お気になさらず！」

両手をパタパタしながらどこか嬉《うれ》しそうに。

自惚《うぬぼ》れかもしれないが、その表情からは〝声をかけられ待ち〟だったのかもしれないと感じる。

「それじゃあ、今シアはなんのお仕事してるの？」

『見てわかるだろ』と言われてしまうような質問だが、会話のキッカケを作るためには仕方のないこと。

「ただ今は土曜日に控えた晩餐会のご衣装を選定しておりますっ！」

「あー、なるほど。苦労かけてごめんね。たくさんの衣装があって」

「むしろ幸せなお仕事ですっ！　これは専属侍女にのみ任されたお仕事ですから！」

「あはは、そっか」

「必ずやベレト様に一番お似合いするご衣装を選ばせていただきますねっ！」

「ありがとう」

ふんす、とやる気に満ち溢《あふ》れているように小さな両手を握るシア。

まだまだあどけない顔立ちだが、誰よりも頼り甲斐《がい》のある姿を見せてくれる。

「あ、そうだ。晩餐会のことで一つシアに言っておくことがあって」

「言っておくこと……です？」

「うん、当日はエレナとルーナの二人と約束してることがあるから、何度か会場を抜け出すと思うってことを」

数日前のことだが忘れたりはしていない。

『晩餐会の途中……あたしと一緒に抜け出すお時間を作ってほしいの』

顔を火照《ほて》らせていたエレナ・ルクレールとの約束。

『あなたと二人きりになりたいです。できるならば、外で』

そして、勇気を出したように誘ってくれたルーナ・ペレンメルとの約束を。

こうしてシアに教えておくのは、ベレトが過去に酷《ひど》い行いをしていたから。

会場にいないことで『一人で帰った』なんて心配や不安を与えさせないため。

「承知しました。会場をお抜けになるお約束ですね」

「もしかしたら帰りの時間が遅くなるかもだから……」

「『お迎えの時刻は遅めで』と、御者に伝えておきますね」

「そうしてくれると助かるよ」

言いたいことを瞬時に悟ってくれる。

そんなシアはなにやら温かい笑みをみせて言うのだ。

「当日はなにかよいことがあるかもしれませんね、ベレト様」

「あ、あはは……。どうだろうね」

この言葉には照れ笑いを返すしかなかった。

懇親や交歓を行う会で、こんな誘いを受けるというのは、『二人で過ごしたい』や『信頼している』といった感情の表れ。

正直なところ、向けられる『好意』を意識しないように、また考えないようにしていた部分はあるのだ。

この体に自分の魂が宿っていることには違いないが——赤の他人の容姿であり、赤の他人の体ということがあって。

誰にも言えない複雑な事情から、無意識にその一線を引いていたが……魅力的な人物との関係を築いていけばいくだけ、考えが揺らいでしまう現状もある。

「ベレト様」

「ん？」

頭を働かせていれば、耳にスッと届くシアの声。

「私はベレト様がどのような選択をされても、ずっとお味方しますから」

「……」

これまた見通されたような言葉。だが、一人で解決するしかない悩みを持つベレトにとって心が軽くなる言葉でもあった。

「本当……いつもありがとうね、シア」

「えへへ、どういたしまして！　それでは引き続き、ベレト様にお似合いするご衣装を真摯に選んでまいりますっ！」

「お願いね」

まるで『抜け出してから』のことを見通しているように、より気合いを入れるシア。

「……」

そんな彼女を見て、感じるものはある。

自惚れた考えだが、想像を働かせるだけ鼓動が激しくなる。

それを誤魔化すように羽根ペンを握り直し、再び勉強に取り組むベレトだった。

第一章　それぞれの日常

「シアー？　ちょっとごめんね」

「はいっ‼」

それから四日が過ぎた木曜日の夕方。

日常とも言える学園から帰宅した後のこと。

一生懸命仕事をしているシアを呼び止めたベレトは、テクテクと早足で駆けつけてくる彼女に、次のことを聞いていた。

「あのさ、二日後に迫った晩餐会についてなんだけど……挨拶回りはどうしよっか？　なんか結構な人数が参加するって聞いてて」

「どうしようかとおっしゃいますと？」

「ま、まあ情けない話なんだけど、他貴族の顔と名前があまり一致しなくてさ？　粗相をしてしまいそうな不安があって」

（悪い噂《うわさ》で敬遠されていたからか、ここら辺の記憶はパッとしないんだよなぁ……。今さらだけどもっと周りのことを勉強しておくんだった……）

心の中で一人ツッコミを入れ、助けを求めるように視線を送れば――見せてくれた。

まんまるの瞳を細め、頼り甲斐を感じられるような満面の笑顔を。

「その件でしたらご安心くださいっ！　私に聞いてくださればと！」

「挨拶したい貴族がいたら、シアが事前に情報を教えてくれるってこと？」

「です！」

プレゼントに贈ったネックレスが跳ねるくらいに、大きく頷《うなず》くシア。

どのようなことを聞いても答えられる、そんな自信を持っていることが窺《うかが》える。

「ありがとう。それじゃあ頼りにさせてもらうね」

「お任せくださいっ！　えへへ……」

褒められて嬉しそうに微笑《ほほえ》んだシアは、小さな歩幅でススッとさらに距離を縮めてくる。

なにをしてくるかと思えば、そのまま背伸びをして「ん～」と頭を突き出してくるのだ。

「はは……。仕事中だから少しだけね」

口には出していないが、なにを求めているのかはわかっている。

手を伸ばして手入れされた髪に触れ、優しく撫《な》でていく。

今日のシアは今朝から甘えん坊だった。特に甘えん坊になっていた。

褒められると、自らこのようにアクションを起こしてくるくらいに。

（やっぱり昨日の一件が大きく関わっているんだろうな……）

手を動かし続けながら、夜更《よふ》けのことを思い返す。

二人きりの空間で、『やはり私はベレト様以外の方にお仕えしたくないです……。この先もベレト様をお支えしたいです……』

自分に体を預けながら口を開き、将来の想《おも》いを伝えてきたことを。

その想いを了承して、手を繋いで部屋まで送ったことを。

全ては学園卒業後の話になるが、あの会話がキッカケとなり、『してほしいことをしてもらう』なんて甘えが出ているのだろう。

（シアは俺なんかでいいのかなぁ……本当。一六歳でこの顔立ちだから、これからもっと綺麗《きれい》になるだろうし、仕事の幅だって大きくなっていくだろうし、性格だって見ての通りで……）

虐《いじ》めてしまった過去があるだけに、自分にはもったいないと感じるのは言うまでもなく、この先、彼女に釣り合うだけの異性が必ず現れるはず。

（って、なに考えてるんだか……）

勇気を出して伝えてくれた想いを無下《むげ》にするだけでなく、嫌がっていると勘違いされる可能性もある考えだ。

撫でる手を止め、今度は横顔に手を添わせてシアを見る。

（これからは見限られないような努力をしていかないと……。シアと別れるのは悲しいし、それに――）

自分勝手だが、他の貴族にいかせたくない……なんて気持ちもあるのだから。

一人の世界に入り、頭の中《ところ》でいろいろ考えを巡らせていれば――。

「あ、あ、あの……。あのあの、ベレト様……」

「ん？」

「お、お手が……その、お手が……」

「ッ！　ご、ごめん。ちょっとぼーっとしてて」

呼びかけの声でハッとする。

頬に手を当てたまま、幼な顔を凝視してしまっていた。

されるがまま頬を赤らめるシアに慌てて謝り、すぐに手を離す。

「……」

「……」

訪れるのは静寂。

そして、口元に手を当てて石のように固まっている彼女。

まるで壮大すぎる誤解をしているような。

「ん？　え？　……ちょ⁉　変なことしようとしてたわけじゃないよ⁉」

「も、もももももちろん理解してます‼」

「絶対誤解してたでしょ」

「わ、私の身分で増長するような誤解はいたしませんっ！」

「そ、そう？　それにしても……えっと……」

口をパクパクさせながらの弁明を信じることはできないが、これ以上はなにも言えなくなる。

ただ、恥ずかしい話題を続けるのは好ましくない。

冷静になろうと頭をフル回転させ、なんとか別の話題を見つけ出す。

「あ、そうそう。話は変わるんだけどさ、今回の晩餐《ばんさん》会に参加する公爵家のアリア様って本当に凄《すご》い方なんだよね？」

「それはもちろんです！　アリア様のお歌で、お家《うち》の権力や他貴族との繋《つな》がりをさらに強めたと言っても過言ではありませんから！」

「なるほど……」

意外という感情も、驚きの感情も湧かない。それはうっすらと記憶に残っていることだから。

「ねえシア、お仕事中に申し訳ないんだけど……アリア様のお話をもうちょっと聞かせてもらっていい？　晩餐会の時は挨拶に向かわないとだから、情報があればあるだけ立ち回りやすくて」

「わ、わかりました！」

そうして、シアに休憩を取らせる目的もあり、時間を割いてもらう。

『上品』

『お淑《しと》やか』

『端麗な容姿』

『公爵家の宝』

彼女の口からはさまざまな言葉が飛び、『全てにおいて非の打ちどころがない』という締め方をしたのは、エレナと同じだった。

そして、翌日。

参加者多数の晩餐会を明日に控え、学園の放課後になる。

「談話ルームですか？」

「うん。エレナから来るように言われてて。正直、学生が集まる場所に顔は出したくないんだけどね。はは……」

ベレトは専属侍女のシアを引き連れ、パーティ会場のような開放的な空間に、テラスが備わった談話ルームに向かっていた。

「あの、私もご一緒してよろしいのですか？　お邪魔でしたらその……」

「『シアも一緒で』って言われてるから大丈夫だよ。それにシアがいてくれたら俺も嬉《うれ》しいし、心強いし」

「あっ、ありがとうございます！」

「いやいや」

お世辞や気を遣ったわけでもなく、ただの本心である。

メンタル的に一人で談話ルームに入ることはできないのだ。

悪評が払拭《ふっしょく》されていない自分が入室した時の——周りの反応を予想して。

「シア、先に言っとくけど、変なことになったらごめんね」

「はい？」

「まあ、凄いことになると思うから」

「わ、わかりました‼」

忠誠心が厚いからか、ピンと来てない様子ながらも元気な返事。

そんな会話をしながら、学園の上層階に造られた談話ルームに入った瞬間である。

周りが談笑している中、こちらに気づいた者達が『ハッ』とした声を次々に上げ――パタリと声が止《や》むのだ。

普段から悪い方の注目を浴びているからか、向けられる視線から大まかな感情を読み取ることができる。

動揺に、驚きに、怖気《おぞけ》に、怯《おび》えに。

空気が変わったのは言うまでもない。

「や、やっぱりこうなるよね……」

「……」

申し訳なく隣を見てみれば、無表情になったシアがいた。

従者のクラスではベレトの印象はよくなっているらしいが、それ以外では見ての通り、からっきしなのだ。

（って……）

今、シアの背後に黒いオーラが見えたような気がする。

もしかしたらこの状況に怒ったのかもしれない。

「えっと、シア……？」

「はいっ！」

「お、俺は大丈夫だからね？　うん……」

無の顔のシアに話しかけた瞬間、笑顔を浮かべて明るい声に変えたシア。

その早すぎる切り替えに、まばたきを繰り返した矢先である。

「ベレト、こっちよ」

「あっ、お……！　今行くよ」

こちらを呼ぶ聞き慣れた声に目を向ければ、椅子から立ち上がっている赤髪のエレナを見つける。

そして、彼女の隣にはもう一人、意外な人物も立っていた。

シアと共に近づくベレトは、目を大きくしながら声をかけるのだ。

「ルーナも来てたんだ。放課後にエレナと一緒にいるのは珍しいような？」

「そうでもないわよ。ね、ルーナ」

「そうですね」

サイドテールに結んだ綺麗な髪。眠たそうな金色の瞳を持つルーナは、エレナと随分打ち解けている様子。

登下校以外は図書室から一歩も出ないと言われている『本食いの才女』なのだ。

良《い》い関係を築けているからこそ、この場の招待にも応えたのだろう。

「それはそうとお久しぶりですね、シアさん。お元気そうでなによりです」

「お久しぶりですっ、ルーナ様！　ルーナ様もお元気そうで安心いたしました‼」

ルーナは微笑を。シアはニコニコした笑顔を。

この二人も二人で、随分と打ち解けている様子である。

「『いつの間にこんなに仲良くなってたの？』って顔をしてるわね、ベレトは」

「あ、あはは。まあね」

「これは聞いた話だけど、あなたのいないところで何回か会っているらしいわよ。シアからどこかの誰かさんの自慢話を聞くために」

「え？　なにそれ」

「違いますよ、エレナ嬢。ただ雑談の相手になってくださっているだけです」

「ふふっ、そうだったかしら」

「そうです」

要点が摑《つか》めない会話を始めた時、参考になるのは嘘《うそ》をつくことが大の苦手な専属侍女である。

　横目で見れば、ぷるぷるしながらそっぽ向いているシアがいる。

　これを見るに、なにかしらの自慢話はしているはずである。

　特に隠すようなことではないとは思うが、あまり知られたくないことなのだろう。

「それでベレト？　あなたはいつまで立っているつもりなのかしら。あなたが腰を下ろしてくれないと、あたし達も座れないのよ？」

「あ、ああ、そっかそっか。シアも腰下ろしていいよ。ごめんだけど命令で」

「かしこまりましたっ！　お気遣いありがとうございます、ベレト様」

『全生徒が平等』の校訓があるも、『上の立場の者から』というのは貴族社会のマナーであり、暗黙の了解。

　周りの目があり、どんな噂《うわさ》を流されるかわからないため、エレナもルーナもしっかりと守っているのだろう。

「はあ……。学生なんだからもっと緩くていいのに」

「ふふ、あなたがそれを口にされるのですね」

「変わっているのよ、コイツは」

「それについてはどんぐりの背比べなんだけどね？」

「文学的な表現で素敵ですね。意味はアレですが」

「え？　シアは理解できたかしら？」

「い、いえっ‼　私はなにも……！」

手をブンブンと振って否定しているが、これは誤魔化すことに必死になった姿である。

「シアが嘘ついてる」

「べ、ベルト様⁉」

「なっ、なによみんな揃《そろ》いも揃って……！」

盛り上がりを見せるこのテーブルだが、それを抜きにしても周りからの注目を浴び続けていた。

誰にでも分け隔てなく接し、求婚された数は計り知れない美しき伯爵家令嬢。

『紅花姫《こうかき》』エレナ・ルクレール。

常に冷静で、特例で図書室登校が認められたほどの頭脳の持ち主、男爵家三女。

『本食いの才女』ルーナ・ペレンメル。

最優秀成績者。王宮への推薦が確実視されている侯爵家専属侍女。『完全無欠』シア・アルマ。

数々の悪名を轟《とどろ》かせる無敵かつ畏怖《いふ》される存在。侯爵家嫡男《ちゃくなん》。

『学園一の嫌われ者』ベレト・セントフォード。

各方面の有名人が、一つに固まっているのだから。

「それでさ、エレナ。今日ここに呼んだ用件って？」

「今週に控えた晩餐会《ばんさん》についてよ。主催側として改めて説明しておこうと思ってね。こうした機会を作ることで交流も深められると思ったから」

「ああ、なるほど」

主催者として筋を通す目的も当然あるのだろうが、真の狙いは後者だろう。

初めての夜会に参加するルーナにとって、頼りやすい存在はここにいる三人だと言える。

エレナなりの配慮が垣間見《かいまみ》える。

「——優しいですよね」

「あはは、本当にね」

考えていることが同じだと悟ったのか、こちらを向きながら小声で話すルーナ。

「あなたが思っている以上ですよ。きっと」

「俺が思ってる以上って相当の相当だよ？」

「間違いありません」

「じゃあ俺も優しい？」

「その意味はわかりません」

冗談交じりに自分を指差すベレトには、無表情のまま正論を放たれる。

「なんだかいきなり二人の空間作られちゃったわね？　シア」

「で、ですが、私はこの場に参加できているだけでとても幸せですっ。本当にありがとうございます！」

シアは洗練されたお辞儀を見せ、隣に視線を向けた。

そこには、未《ま》だ楽しそうに言い合っているベレトがいる。

『ありがとう』の言葉には、ご主人が楽しんでもらえる時間を作ってくれて——楽しそうな姿を見られる機会を作ってくれて——と、そんな意味を含んだもの。

そんな彼女を見て、エレナは口《くち》を挟む。

「もしよかったら席を替わる？　その席だと（ベレトが）見にくいでしょう？」

「いえっ、正面のお席だと気づかれてしまいますから。ベレト様のお邪魔をするわけにはいきません」

「——ん？　シアは全然邪魔じゃないよ？　次そんなこと思ったらお仕置きね」

「っ⁉」

『邪魔』というワードを耳に入れた瞬間である。シアに振り向き、真面目な顔でフォローを入れたベレトである。

　反射的に捉えた言葉であるために、『邪魔』の趣旨を間違えた回答。

　その一方、要領が良いルーナは、二人の会話もきちんと耳に入れていた。

「お二人のやり取りを見るのは初めてなので、新鮮な気持ちです」

「あたし達と接する時となにも変わらないでしょ？　コイツ」

「……思慕《しぼ》が強くなりました。改めて」

「ふふっ。昔は厳しかったけど、今は今だものね」

　複数人で集まっているため、会話するメンバーも逐一変わる。

「ねえシア。『しぼ』ってどういう意味かわかる？　凄《すご》く難しい言葉だと思うんだけど……」

「あっ、それは……」

「それは？」

　そこで一拍置いたシアは——「信頼できる、という意味です」と答えるのだ。

「えっ⁉　そ、そうなの？　それは照れるなぁ……。二人ともありがとうね」

　まさかの意味に頬を掻《か》きながらむず痒《がゆ》そうに笑うベレトだが、そんな本人は知る由《よし》もない。

シアは空気を読んだように……少々違った意味を教えたことを。

結果、ルーナは恥ずかしそうに瞳を細め、エレナは面白おかしそうに微笑《ほほえ》むのだ。

「さてと、キリもいいところだから、今のうちに土曜の晩餐会について軽く話していくわね」

「うん。お願いします」

「よろしくお願いします」

「私からもよろしくお願いいたします」

「も、もう……。そんなに畏《かしこ》まらなくてもいいわよ」

どこかやりづらそうに眉をひそめるエレナに、口元を緩める三人。

そうして晩餐会のスケジュール確認を行っていく。

「まさか歌姫様までお呼びしているとは思いもしませんでした。さすがはルクレール伯爵の晩餐会ですね」

「ルーナもアリア様と知人の仲なのよね？」

「わたしからそう答えるのは畏れ多いですが、テストをお受けしている場所が図書室なので、登校された際には必ず関わります」

「へえ……」

「ベレトはアリア様とそこまでだったかしら？」

「正直、顔もパッと浮かばないくらいだよ。どこかしらインパクトがある印象だったんだけど……」

うっすらとあるベレトの記憶。

一番思い出せそうなインパクトの部分を考えるように天井を見上げた瞬間、ルーナは無の表情で自身の胸を手で押さえていた。

「やっぱり思い出せないや。……って、え？」

視線を戻せば、冷たい目をエレナが向けている。

「な、なに？　俺変なこと言った？」

「別に変なことは言っていないけれど……。とりあえず失礼のないようにしてちょうだいよ？　アリア様に粗相をすれば、今後取り返しのつかないことになるんだから」

「は、はは……。ご挨拶だけで済ませようとしてるから大丈夫だよ」

「ベレト様はアリア・ティエール様にご興味ないのですか……？」

『麗しの歌姫』の容姿や人気ぶりを知っているシアは、物珍しいように聞いてくる。

「興味がないわけじゃないけど、立場が上の相手とは接しづらいんだよね……。それも非の打ちどころがないなら、なおさらで」

「そんなこと言って、いつの間にか関わっているのがあなたなのよねえ。あたしの弟のアランの時もそうだったし」

「いや、今回は本気で」

公爵家のアリアも在学生の一人。つまり、ベレトの悪い噂は耳にしている可能性が高い。

これ以上の警戒心を強めないためにも、意図せずの粗相をしないためにも、最低限の関わりで済ますのが穏便に違いないのだ。

「まあ誰と関わってもあたしは気にしないのだけどね。それよりも……あの約束……忘れてないわよね？　ベレト」

「う、うん。もちろん忘れてないよ」

この話題を出した途端、落ち着きがなくなるエレナ。

「……あ、あの、ベレト・セントフォード。わたしとの約束も忘れていませんか。夜風に当たりながら——」

「そ、それも忘れてないよ。いつでも休憩に誘っていいからね」

「……は、はい」

そして、同じように落ち着きなく声を小さくするルーナである。

そのような状況下で、水を差さないように見つめるシアは、ひっそりと嬉《うれ》しそうに、誇らしげな表情を浮かべていた。

それは専属侍女としてだからか。

心に決めた人が求められているからか。

それは、本人のみぞ知るところだろう。

＊＊＊

談話ルームで四人が盛り上がっているその頃。

大きな敷地《しきち》に立派な門を構える公爵家の寝室では――。

「ふあ〜」

広々としたベッドの上で、ぐでーっと体を溶かしながら、綺麗《きれい》に透き通った声を上げるプラチナブロンドのお嬢様がいた。

端整な顔立ちに、綺麗に手入れされたその髪は、木綿のようにふわふわとした質を保っている。

女性からすれば一見するだけで憧れを抱いてしまうほどのものだが、今現在の素行が全てを台無しにしていた。

「ア、アリアお嬢様……」

もう何度この光景を見ただろうか。

脱力しきった姿が目に入るアリア・ティエールの専属侍女。サーニャは、呆《あき》れ顔を浮かべながら、トゲのある声を挟んでいた。

「あの、直す気はないのですか」

「うん」

シーツに包《くる》まりながら即答するアリア。その様子は『非の打ちどころがない』とは全くもって言えない姿である。

「こうして気を抜かないとね、体調を崩すの」

「お嬢様に至っては例外ですが」

気を抜くことも大事、というのは同意するところ。

しかしながら、勉強と食事をする以外は寝室にこもり、ずっとこの状態なのだ。

アリアが宴《うたげ》や晩餐会、誕生会に引っ張りだこで多忙な日々を送っていることは承知しているが、こんなにもだらけて品のないお嬢様は他にいないだろう。

「あの、太りますよ」

禁断の一言を放つが、それすら効かないのがこの公爵家の歌姫である。

「全然平気だよ～。ほら～」

この言葉になんの躊躇《ためら》いもなくシーツを捲《めく》るアリアは、大きな膨らみのある胸を腕で隠しながら、うっすら筋が浮かんだ腹部を露《あら》わにする。

寝室でのアリアはいつもこれ。裸身なのだ。

もし、こんなにも無防備で、誘惑しているような姿を男性が見たのなら、一瞬で欲情を抱かせてしまうことだろう。

曲がりなりにも『麗しの歌姫』と呼ばれているのは事実で——寝たい時に寝る生活をしているからか、同年代と比べたらかなり発育のいい方である。

身長だけが伸びていないのは除いて。

「はしたないので戻してください」

「あい」

「はあ……」

お嬢様だとは思えないとんでもない返事である。

そして、主人の前で堂々とため息を吐《つ》くサーニャも同じことが言えるだろうが、これが二人の関係なのだ。

「本当、しっかりしてくださいよ。公爵家のご令嬢がこんなイモムシのようだと知られたのなら、ご婚約ができてもすぐに見放されてしまいますよ」

「それは大丈夫だよ。今まで誰にもバレてないんだし……こほん。――〝すぐこのようにできるのですから〟ね？」

咳払《せきばら》いをした途端、表情から声色、口調を変化《へんげ》させるアリア。

それだけで何歳も大人びた雰囲気を纏《まと》ったのは言うまでもなく、未《いま》だだらしなくベッドに沈んだままであることも言うまでもない。

本当に器用なものだと思うサーニャは、主人が溶けているベッドに腰を下ろす。

「では、そのまま聞いてください」

「うい」

「今週土曜日の晩餐《ばんさん》会についてですが」

「うんっ！」

「一八時よりご入場。ご挨拶やお食事で二時間。二十時よりお歌のご披露となっております」

「一八時入場、ご挨拶とお食事で二時間。二十時にお歌……と。お暇《いとま》は？」

「お歌をご披露された後は自由です。お好きなタイミングで構いません」

どんなにだらしなくとも、スケジュールをしっかり頭に入れようとしているのはさすが

　である。

　内心そう思うサーニャだが、褒めれば褒めるだけだらしなくなることを理解している分、口に出したりはしない。

「ね、その晩餐会には誰がご参加するの？」

「アリア様と仲の良《い》いお方を挙げますと、主催者側ではありますが、エレナ・ルクレール様と、弟御のアラン・ルクレール様ですね」

「うんうん～」

　嬉しそうな声。

「これは私も驚きなのですが、男爵家三女のルーナ・ペレンメル様もご参加されます」

「えっ？　あのルーちゃん？」

「はい、あのルーナ様です」

「本当の本当にルーちゃん!?」

「間違いありません」

「ん～っ!!」

　瞬間、ベッドの上で足をバタバタさせるアリア。

　裸身であるばかりにシーツの隙間から、細い足から太ももまでチラチラ見える。

サーニャの座っている場所がぐあんぐあん揺れる。

「そっかぁ。ルーちゃんのドレス姿楽しみだなあ」

公爵と男爵の身分は、天と地の差。

それだけでなく、テスト日にしか学園に通わないアリア。

二人には接点がなにもないように思えるが、テストを受けるために唯一登校する日、そのテスト場所がルーナが登校している図書室なのだ。

それをキッカケに会話するようになり、お嬢様目線では仲良くなったらしい。

「あの、ご機嫌なところ申し訳ありませんが、もう一つご報告がありまして」

「うん？」

「侯爵家のベレト・セントフォード様も晩餐会にご参加されます」

「……え」

今の今までニッコニコだった笑顔を一瞬で消すアリアは、顔を真っ青にする。

「ご、ご冗談でしょう？」

サーニャの報告に気を張り詰めたことで猫を被《かぶ》った口調で聞き返すも、返事が変わることはない。

「事実です」

「っ、うう――……」

「『うう――』ではありません。事実です」

「だって怖いんだもん……！　学園で一度すれ違った時、殺してきそうなくらい睨《にら》んできてっ!!」

「前々から言っておりますが、『猫被りすぎだろう、お前』なんて思われてしまったのでは。鋭い勘を持っている方はいらっしゃいますし」

サーニャの本心であるばかりに、気持ちのこもりようは十分すぎるほど。

無論、それでもアリアのことは慕っている。

「仮にそうだとしても、あの目は本当に怖かったのっ！　あんなことをするの、彼だけなんだから！」

「……」

「ああ～。歌っている最中に睨まれでもしたら……」

シーツを顔に被せて現実逃避に走っているが、ここで安心をさせるサーニャである。

「まあ全てはアリア様の気のせいだと思いますが」

「ど、どうしてそのようなことが言えるの？」

「風の噂《うわさ》で聞いたのですが、従者のクラスでは物凄《ものすご》い人気を有しているらしいですから」

「えっ」

ピンクの目を丸くしながら、再びシーツから顔を出す。

これほど驚いてしまうのも無理はないこと。

「身分の低い者に好意を持たれているということは、大らかな態度をお取りになっているわけですから」

「そ、その噂が本当ならわたくしの勘違いなのかも……」

「少しは楽になれましたか」

「なった」

「まあアリアお嬢様が猫を被っていることは否定しようもないことなので、睨まれてしまった可能性も十分にありますが」

「もー」

上手《うま》い具合に揺さぶりをかけられ、不満声を上げながらジト目に変えるアリアはもう行動に移す。

「サーニャ、おいで」

「っ！」

腕を伸ばしてサーニャの手首を摑《つか》めば、グイッと引っ張ってシーツの中に引きずり込んでいく。

「おやめください、アリアお嬢様。私にはまだお仕事が残っていますから」

「わたくしの命令」

「……はあ」

お互いラフな関係を築いているものの、絶対的な立場は崩れない。

無抵抗のまま体を吸い込まれていくサーニャは、シーツの中で主人の抱き枕となってしまう。

「暖かい」

「暑いですよ。服にシワもついてしまいますし」

「ふふ～」

鋭い言葉には笑顔で躱《かわ》すアリアは、すぐに静かになり――自由気ままにまた寝息を立て始めるのである。

「……」

手隙になったこの間。

サーニャはというと、呆れながら主人の頭を優しく撫《な》でて時間を潰すのだ。

こんなにぐうたらなお嬢様だが、多忙な日々を少しでも忘れさせるように。

第二章　晩餐会その一　入場と出会い

時は過ぎ、ルクレール主催の晩餐会当日となる。

「シ、シア……？　そんなに凝視されると落ち着かないというか……」

「も、ももも申し訳ありませんっ！」

入場時間に合わせて馬車に乗り、ルクレール邸に向かっていたベレトは、正面に座ってまじまじ見てくるシアに困り顔を浮かべながらツッコミを入れていた。

「もしかしてどこか乱れがあったりする？　シアがコーディネートしてくれたから、格好が変ってことはないと思うんだけど」

「いえっ、その、とても素敵です……と思いましてっ！」

「はは、ありがとう。シアも似合ってるよ」

「こちらこそありがとうございますっ‼」

黒の生地に銀の刺繍《ししゅう》が入った上衣を羽織り、前髪を上げたセットをしたベレトは、黒と白のエプロンドレスに身を包むシアに恥ずかしながらも言葉を返した。

「次もこんな機会があったら、また前髪を上げたセットにする？」

「ど、どうしてそう聞かれるのです？」

「お揃《そろ》いの髪形になってる気がして」

「っ‼」

図星だったのだろう。シアは目を見開いたかと思えば、顔を赤くして俯《うつむ》いた。

髪の長さが違うため、二人の髪形は当然違う。

それでも前髪を上げて『おでこを出している』自分と、黄色の髪留めを使って『おでこを出している』シアは部分的にお揃いなのだ。

もちろんこのセットアップは指示したわけではない。お任せした結果である。

「ちなみに、からかわれたとしても俺は助けられないよ？」

周りから恐れられているのは身に沁《し》みて感じていること。

つまり、シアがからかわれるとすれば、自分がいない時だろう。

複雑な気持ちを抱えながらも、笑みを作れば——予想していなかった声をかけられることになる。

「変なことを口にするのですが、私はからかわれたいですから……大丈夫です」

「それ気を遣ってない？」

「いえ！　お相手がベレト様なので、そのようにお聞きできるだけでもとても嬉《うれ》しいこと

でして……。えへへ」

「……そ、そっか」

両手を合わせ、照れながらも本音を伝えてくれたシアに生返事を返すことしかできなかった。

こんなにも慕われているのは、本当に幸せなことである。

自らこっそりお揃いにしようとした行動もそう。

懇親や交歓の趣旨で開かれる晩餐《ばんさん》会の場でも、プレゼントした黄色の髪留めと、紫水晶のネックレスを着けてくれているところもそう。

『お揃い』のちゃっかり具合は、将来を話し合ったからだろうが、慎《つつ》ましいながらも欲を感じられたのは本当に嬉しかった。

今一度シアと顔を合わせてみれば、こちらの気持ちを察したように、はにかんでいた。

むず痒《がゆ》く、恥ずかしくもあるそんな時間は何十分続いただろうか。

「本日はお待ちしておりました。ベレト・セントフォード様。シア・アルマ様」

ベレトは二度目であるルクレール邸に着くと、入り口門には家令と従僕の計四人が立っており――。

「それでは、ご案内いたします」

一人の従僕は裏方に伝令に。もう一人の家令によって広い敷地《しきち》内に案内される。

そして、見知った人物に引き継ぎがされるのだ。

「それではエレナお嬢様。何卒《なにとぞ》よろしくお願いいたします」

「ええ。ありがとう」

エレナのお礼に頭を下げ、入り口門に戻っていく家令。

早速、三人の空間が作られる。

「ふふっ、なんだかこの場で会うと変な気分ね。っと、挨拶が遅れてごめんなさい。ごきげんよう。こんな会だけど楽しんでもらえると嬉しいわ」

「ごきげんよう、エレナ。今日は招待してくれてありがとうね」

「ありがとうございますっ！　エレナ様！」

「こちらこそ足を運んでくれて感謝するわ。さて……急ぎで申し訳ないのだけど、中に案内するわね」

次の来訪があった時を考えてだろう。

簡単な挨拶を終えると、エレナはすぐに右手を玄関内に向けて、晩餐会の会場まで手引きしてくれる。

そんな彼女の後ろをついていきながら、ベレトは声をかけるのだ。

「これ気になってたんだけど、主催側のエレナが家令の代わりをするんだ……？　一般的にはお屋敷《やしき》内まで家令が案内しない？」

「基本的にはそうなのだけど、身分や立場で区別していないことをアピールする狙いがあるのよ。あたし達の事業にはとても大事なことだから」

「あ、なるほど」

晩餐会の趣旨は、懇親や交歓を行うこと。

そうした場でこそ、『考えが変わっていない』ことを見せることが大事なのだろう。

「エレナ様、ルーナ様はもうお見えになられていますか？」

「ええ、ちょうど十分前くらいかしら。あの子このような会に慣れていないから、あたしが会場入りするまではちゃんと助けてあげてちょうだいね？　特にベレト」

「任せてよ。ルーナが構ってくれないと逆に俺が困るし」

「ふふふっ、それもそうね」

一応は否定してほしかったが、口元を押さえて笑われてしまう。

「あとご案内の役割が終わったら、あたしもすぐに参加するから」

「了解。待ってるね」

「アリア様ももうすぐ来られるから、失礼のないようにね」

「そ、そんなに念押ししなくても大丈夫だって……」

長い廊下に敷かれた絨毯《じゅうたん》。飾られた油絵。大きな花瓶に入った色とりどりの花々。光を宿すシャンデリア。

豪華な室内を進み、晩餐会の会場に繋《つな》がっているだろう、たくさんの話し声が漏れている両開きのドアの前に着いた時である。

「……ねえ、ベレト」

「うん？」

「こ、この衣装を見て……髪を結ったあたしを見て……なにか言うことがあるんじゃないの？　あなたを立ててシアは黙っているのよ？」

ツンとした態度のまま、腕から肩、胸元が透けたワインレッドのスリーブドレスを広げながら、口を尖《とが》らせたエレナ。

「あ、ああ……」

無論、なにも感じていなかったわけではない。褒めるつもりだったが、シアがいる前で言うのはなにかと気恥ずかしかったのだ。

「それはなんて言うか、二人で抜け出した時に言おうと思ってて……」

「はあ？　なによそれ……。それならそうと先に言いなさいよ。心配して損したじゃない」

「あはは、ごめんごめん。恥ずかしくて」

「まったくもう。身支度にどれだけの時間をかけたと思っているのよ。……誰かさんのために」

人差し指で髪をくるくるしながら視線を彷徨《さまよ》わせているエレナだが、主催者側だからこそ『相手を喜ばせる』ような立ち回りをしないといけないのだろう。

「エレナ、それ全員に言って回ってるセリフでしょ」

「さすがはベレト。鋭いわね」

「まあね」

「なわけないでしょ」

「ッ」

途端、顔をグッと近づけられる。バッサリと切られる。

「相手によって言葉は変えてるわよ。当たり前でしょ」

「……」

「この意味、しっかりと考えておきなさいよね」

からかうように目を細めたエレナに胸元を突かれる。

「それで、返事は？」

「あ、はい」

「もう一回」

「はい」

「ふふ、ならいいの。……それじゃあ時間も押しているから扉を開けるわね」

安心したように微笑《ほほえ》むエレナは、声をかけて取っ手に手をかけた。

そして、今の今まで二人のやり取りを無言で聞いていたシアは、『むふ！』と誇らしい表情でベレトの後ろに控えるのだった。

扉が開かれれば、豪華絢爛《ごうかけんらん》で賑《にぎ》やかな会場が目に入る。だが、場に呑《の》まれるわけにはいかない。

すぐに足を動かし、今宵《こよい》の主催者との顔合わせに向かう。

「本日はお招きいただき誠にありがとうございます」

『ペコリ』

一人一人の参加者と挨拶をしているだけに、挨拶は簡単なもの。

エレナの父君であるルクレール伯爵や奥方と軽い雑談をしながらやり取りを終えたベレ

トとシアは、大広間の左側――子どもや学生が集まる立食場に移動中である。

ちなみに大広間の右側は大人が集まる立食場となっている。

「いやぁ……。エレナの母君には初めてお会いしたけど、いろいろ凄《すご》かったな……」

「ベレト様は奥様に見惚《みと》れていたような気がします」

「そっ、そんなことはないよ？　あはは……」

主人の面目を潰さないように嘘《うそ》でも否定したいところだが、それを口に出せば失礼に当たるだろう。

その発言が火種となって、なにかしらのトラブルが発生するかもしれない。

さまざまなことを考えるベレトは、責めた視線を躱《かわ》すように苦笑いを浮かべる。

そんな矢先、一人佇《たたず》む知人を見つけるのだ。

「おっ、ルーナ！　ごきげんよう」

「昨日《さくじつ》ぶりです、ルーナ様」

「ごきげんよう。加えて昨日《さくじつ》ぶりですね。なにやら楽しそうにしてましたが、なにかあったのですか？」

「ちょっとその……シアが軽口を言ってきて」

ここでお手本となるような笑顔を保つシアは、『軽口は言っていません』と、隙なくつけ加えた。

「……ふふ。このような場でも相変わらずですね、お二人は。おかげさまで少し気が休まりました」

「ああ、ルーナはこんな会に参加するの初めてだもんね。だけどすぐ慣れると思うよ。他の夜会と比べても、この晩餐会の雰囲気は凄くいいと思うから」

「そうなのですか？」

「うんうん」

身分によって差別をしない。そんなルクレール家主催の晩餐会だからだろう。

下の身分を蔑むような貴族はおらず、先に入場した者達で談笑している様子が窺《うかが》える。

まだ料理が運ばれていない状態でこの様子なのだ。

料理が運ばれたのなら——食への話題や接触も増え、もっと盛り上がりを見せることだろう。

（って、あれ？）

思ったことを口にして安心させようとしたベレトだが、ルーナの反応はどこかイマイチなもの。

それを説明するように、教えてくれるのだ。

「初めての参加なので緊張しているのは確かですが、気を休められない理由がもう一つありまして」

「もう一つ？」

「わたしが入場した際から、ずっと怪奇な視線を向けられています」

「え？　ルーナに？」

「はい。気になって目を合わせようとすると、すぐに逸《そ》らされてしまうので間違いないかと。やはり、わたしはこのような場に似合わないのでしょうか」

「うーん。俺にはそんな感じはしないけどなぁ。むしろ……」

　声を伸ばしながら、ルーナの頭からつま先に視線を動かす。

（本当に……そう。綺麗《きれい》だからじゃ？）

　普段からサイドに結んでいる髪を今回は下ろし、印象を大きく変えている。

　肩出しのドレスは純白の一色。ビシューベルトを合わせたルーナは、より一層可憐さが引き立っている。

　それこそ、エレナと同じように魅力的で。

「……うん。むしろ異性として見られてるから、視線を逸らされるんだと思うよ？　晩餐《ばんさん》会って繋がりを作る場でもあるし」

「異性……ですか」

無表情のまま首を傾《かし》げ、ピンと来ていない様子。

それを見たシアは、『こほん』と咳払《せきばら》いをし、「お話し中にすみません」と声を上げる。

「――ベレト様、私は少しお席を外させていただきますね。侍女の方々も集まっているので、先にご挨拶をしてまいります」

「あ、了解。シアも自由に動いてもらっていいからね」

「ありがとうございます」

そんな短いやり取り。シアは一礼してすぐ離れていった。

(本当、なんでそんなに気が回るんだろうな……)

これからどのような話になるのか。シアは予想したのだろう。

『……ねえ、ベレト。こ、この衣装を見て……髪を結ったあたしを見て……なにか言うことがあるんじゃないの？　あなたを立てて、シアは黙っているのよ？』

『あ、ああ……。それはなんて言うか、二人で抜け出した時に言おうと思ってて……』

少し前にエレナとした、その会話を聞いて。

「気のせいでしょうか。わたしの目にはシアさんが気を遣われたように感じましたが」

「……さっきの内容だけど、二人きりの方が個人的に都合よくってさ」

「異性として見られていることについて、ですか」

「そんなところ」

二人きりなら言える。

『目を合わせようとすると、すぐに逸らされてしまう』の原因も。

「えっと、恥ずかしいこと言うんだけど、そのドレスも下ろした髪型も全部……ルーナに似合ってるから。自分を含めてその、目を奪われてるみたいな」

「っ」

「なっ、なにが言いたいのかって言うと……お近づきになりたいから、様子を探ってるんだと思うよ。ルーナって夜会に参加したことないから、この機会を逃せば……って考えてる参加者もいるだろうし、俺でもそう考えるし……」

「……っ」

「正直、エレナにも負けてないよ」

「そう……ですか。明らかに褒めすぎです」

「そんなことないよ」

おめかしをしてさらに綺麗になった友達を褒めるのは、顔から火が出る思いだ。

この羞恥がルーナにも伝染したのか、ボソリと呟《つぶや》いて下を向いた。

「一つ聞きますが、わたしをどれだけ恥ずかしくさせられるか、と遊んでいたりはしませんか」

「そんな余裕があればどれだけよかったか。あはは……」

頬を掻《か》きながら、作り笑いをするベレトを見て、もろもろ察したのだろう。

「……」

「……」

ルーナは無言になり、こちらも無言になる。

そんな時間が少々続いたその時。

ガヤガヤと大広間が慌ただしく、落ち着きのない雰囲気に変わっていく。

『なにかあったんだろう？』なんて疑問が浮かべば、タイミングよくルーナが教えてくれる。

「恐らくですが、アリア様がご到着されたのだと」

「な、なるほど。それは気を引き締めないとだな……」

「引き締めているところすみませんが、最後によいですか」

「なに？」

「先ほどのお話を聞く限り、シアさんが離席されるほどのことではないと思ったのです

が」

「あ、あぁ……」

頭の回転が速いから言えるのか、『二人きりの方が都合よくって』の発言を少し勘違いしている。

「二人の方が都合いいって言ったのはその……身内《シア》がいる前で、綺麗って褒めるのは恥ずかしくて」

「『綺麗』とは褒められてはいませんよ。わたし」

「………………」

「あなたはそれほどまでに余裕がなかったのですね」

「もうその話はやめようか、うん」

「わかりました」

無表情で、一定の声で、正確に分析されるのは一番心を揺さぶられてしまう。

「ですが、そのお気持ちは理解できます。わたしは身内がいなくても、異性の容姿を褒めるのは恥ずかしいですから」

「ああ、だから俺のことは褒めてくれないんだ？」

「……はい」

「ッ、そ、そっか」

軽い冗談を言ったつもりが、まさかの返事を食《く》らってしまう。

「……」

「……」

ルーナと顔を合わせて二回目。またしても無言が訪れる。

むず痒《がゆ》く、恥ずかしい。そんな状況で目を合わせる二人は、今の気持ちを共有するように目を逸らすのだった。

そうして、会場について十分が経《た》っただろうか。

――賑《にぎ》やかだったこの場が、徐々に静かになっていき、歓声が沸き起こっていく。

「お顔を出されましたね」

「あれが歌姫様か……」

会場にいる全員の視線が、一人の令嬢に。

絨毯《じゅうたん》の上を歩くごとにふわふわと揺れるプラチナブロンドの長い髪と、大きな膨らみのある胸。

眉は細く整い、丸みを帯びたピンクの目。小ぶりの鼻に赤に色づいた唇。

童顔で、低い身長ながらもその佇《たたず》まいや雰囲気は、エレナに引けを取らないほど大人びた雰囲気。

この会場にいるほとんどの者が……白の生地にライトベージュの蝶《ちょう》の刺繍《ししゅう》が入ったドレスで美しく着飾った『麗しの歌姫』、アリア・ティエールに目を奪われている。そのアリアは、壇上にいるルクレール伯爵とその奥方に挨拶を始めた。

そんな公爵令嬢を見ながら、ベレトは口を開くのだ。

「なんか凄《すご》いオーラ放ってるなぁ……」

「そのようなことを言いながら、邪《よこしま》な視線を向けていませんか。アリア様の胸元に」

「そ、そんなことないよ⁉ うん」

「とても信じられるような反応ではありませんので、より一層気をつけてください」

「あっ、心配ありがとね」

「いえ……」

照れ隠しだろうか。

自身の胸元を見るように顔を下げ、首を横に振ったルーナである。

「そう言えば、アリア様の従者が見えないけど……どうしたんだろう？」

パッと顔が思い浮かばないが、専属侍女がいるという記憶はぼんやりある。

「恐らくですが、お歌のご披露について主催側の方とお話をされているのではないでしょうか」

「なるほど、確かにそんな仕事もありそうだね」

「……あなたはその方に興味があるのですか」

「え？」

「意識を向けられているようですから」

ジトリ、と眠たげな瞳を向けられる。

気のせいだろうか、責めたような視線を向けられているような。

声にも若干の棘《とげ》があるような気がする。

「別に引き抜こうとしたわけじゃないよ⁉　俺の中じゃシアが一番の侍女だし」

「……」

（あ、あれ？　なんか言葉間違えたかな……。『そんな意味じゃないのですが』みたいなオーラがあるような な……）

表情が変わらないルーナであるため真意は掴《つか》めないが、そんな気がする。

「シアさんのことそれだけ信頼されているのですね」

「それはもう頭が上がらないくらいだよ」

本心からの言葉が無意識に漏れる。

「正直、羨ましいです。お二人の関係が」

「そう言ってもらえると嬉《うれ》しいよ。シアの性格じゃなかったら、こんな風にはなってなかったけどね」

「厳しく指導をした過去があるからそう言うのでしょうが、あなたのご内面も交わってこそですよ」

「そうだといいけどなぁ……」

「先ほどあなたのお言葉を信じたのですから、わたしの言葉も信じてください」

「あはは、それを言われたら返す言葉がないよ。ありがとう、本当に」

「いえ……」

人差し指で頬を掻きながら、照れ臭く笑うベレト。その表情を横目で何秒か視界に入れるルーナである。

そんな中、伯爵との挨拶が終わったのだろう。こちら側に向かってくるアリアがいた。

「さて、あなたはそろそろ心の準備をしておいた方がよいですよ」

「心の準備？」

「アリア様にご挨拶をする準備です。偉い身分の方からやり取りをするべきなので」

「ああ……。俺が最初に行かないと、周りが誰も挨拶できなくなるのか」

「その通りです」

ピシャリと言われる。

（って、俺がトップバッターじゃん……。絶対注目を浴びるやつじゃん……）

ルーナの言葉で、侯爵以上の貴族がアリアしかいないことを悟る。

「なんかいきなり緊張してきたよ。笑顔作るのも苦手なんだよなぁ……」

『シアと一緒に挨拶しようかな』と、逃げ腰の視線を侍女に向けるも——持ち前の明るさ、顔の広さ、コミュニケーション能力を駆使して、参加者や従者との挨拶に勤《いそ》しんでいる最中だった。

さすがにこの状況で呼び出すことは忍びない。

一人で挨拶に向かう覚悟を固めるベレトである。

「せっかくですから、あなたの勇姿を目にしておきますね」

「が、頑張るよ」

一つ幸運なことを挙げれば、アリアが柔らかい雰囲気を纏《まと》っていることだろう。偉い立場であるも、親しみやすさを感じる。

「あの、アリア様とのご挨拶が終わったら、あなたはどうされるのですか。こちらまで戻ってきますか」

「いや、ちょっと別行動を取らせてもらうよ」

「そう……ですか」

途端、声を暗くさせて目を伏せたルーナである。

残念に思ってくれるのは嬉しいが、これぱかりは仕方のないこと。

「誤解のないように、二人きりで話すのが嫌になったわけじゃないからね。ルーナと挨拶をしたいって思ってる人に譲らないとだから」

最初から特定の人物を独り占めするような行為は慎むこと。なにより、ルーナが周りと関わる機会を潰すわけにもいかないのだ。

人脈を広げたり、親睦を深めるための晩餐《ばんさん》会でもあるのだから。

「譲る以前の問題になりましたら、あなたを恨みますからね」

「誰も挨拶に来なかったらってこと？」

「はい」

「ははっ、それはないから大丈夫だよ」

シアと共に会場入りした際、一人で佇んでいたルーナではあるが、『高嶺《たかね》の花』という印象を持たれていただけだろう。

　身分の低い彼女ではあるが、今の姿はエレナにも、アリアにも負けていないほど美しく、綺麗《きれい》なのだから。

（ま、まあ譲ったら譲ったで俺が一人ぼっちになっちゃうけど……初参加のルーナにはちゃんと楽しんでもらわないとだし）

『挨拶をしている現場』を周りが見たことで、ルーナに挨拶をするというハードルが下がったのは間違いないだろう。

　事実――。

『早く挨拶したいな……』

『俺にも挨拶させてくれよ……』

『いつまで話してるのかな……』

　なんて気持ちのこもった視線がいくつも伝わってきているのだ。

「さてと。それじゃあ俺は勇気を振り絞ってアリア様にご挨拶してくるよ。晩餐会楽しんでね、ルーナ」

「ま、待ってください」

「うん？」

　一歩、歩き出そうとしたその時、引き止められる。

「……ずっと、別行動を取るのはダメですよ。わたしと一緒に夜風に当たりにいく……その約束をしているのですから」

「も、もちろんだよ。休憩したくなったら遠慮なく呼んでね」

「はい……。あなたも晩餐会を楽しんでください」

「ありがとう」

その言葉を最後にして、ベレトがアリアの元に進んでいくと、ルーナに挨拶をしようと動き出す貴族が見えた。

そして、このタイミングで台車に載った数々の料理が一列で運ばれてくるのだ。

使用人を束ねるように先頭に立つのは、アリアやルーナ同様に、美しく綺麗な赤髪のエレナだった。

＊＊＊

「——ありがとう存じます。それでは失礼いたします」

両手でドレスの裾を軽く持ち上げ、右足を斜め後ろの内側に引き、左足の膝を軽く曲げて主催者との挨拶を終えたアリア・ティエールは、背筋を伸ばしたまま晩餐会場の左側に移動していく。

堂々と、品のある立ち居振る舞いを誰よりも意識して。

注目の視線を浴びても一切動じることのないアリアは――心の中で素を露《あら》わにしている真っ最中でもあった。

（ふにゃ～。これから一番大変なご挨拶だよ～……）

表情はなにも変わらない。だが、『うがあ～』とベッドに倒れ込むように沈み込みたい本心があった。

夜会が嫌いというわけではない。むしろ大好きなアリアだが、見事な演技で素を偽っているだけに、誰よりも疲れてしまう時間がこれからやってくるのだ。

周りからの評判や好感が低ければ、挨拶をされる回数も少なくなるが、アリアの場合、そうはならない。

公爵家の令嬢であり、『麗しの歌姫』と慕われているほどの有名人。それでいて、区別することと自体が面倒くさいため、誰に対しても平等に接する。

その結果、少しでも会話をしたい。仲良くなりたい。顔を売っておきたい。そんな想《おも》いを持つ貴族で溢《あふ》れるのだ。

（はあ……）

胸中でため息を吐《つ》いた時、湯気の立った料理が運ばれてくる。

(美味《おい》しそうなお料理も我慢……。お腹《なか》が空《す》いてるけど我慢我慢……)

これからひっきりなしの挨拶が襲ってくるからこそ、自分の時間を優先するわけにはいかない。

周りのことを一番に考えなければならない。

『挨拶待ち』の姿勢を取り、挨拶に来やすい空気を常に作っておかなければならないのだ。

(わたくしの……お料理……)

後ろ髪を引かれる思いのまま、壁際《かべぎわ》に移動。

そして『いつでもどうぞ』と、フリーな空気を出した矢先である。

一直線にこちらに向かってくる身長の高い男を——視界に入れるアリアである。

(っ！　そ、そうだよね……。最初に挨拶に来るのはわたくしのことを睨《にら》んだ……)

一瞬怯《ひる》んでしまうが、たくさんの参加者がいるこの場は、アリアにとって安心できる空間。

すぐに気持ちを切り変え、先に挨拶を仕掛けるのだ。

機嫌を悪くさせないための一つの策として。

「こほん。ご機嫌麗《うるわ》しゅうございます、ベレト殿。大変素敵なご衣装ですね」

「ご、ご機嫌よう。もったいないお言葉ありがとうございます。アリア様も大変お素敵で」

「ふふっ、ありがとう存じます」

自然な笑顔を浮かべながら、アリアは思う。

（あ、あれ？　今日は睨んでこないみたい……。でも、とても不気味な作り笑い……）

引き攣《つ》った顔なのは見ての通りだった。

緊張をしている？　上の立場だから怖がっている？　そのように頭を働かせるが、ベレトが睨んできた過去がある。

今の考えが当てはまるとは言い難《にく》いが、『なにかしらの理由』があるのは間違いのないことだろう。

「え、えっと……アリア様とお会いするのは学園以来でしょうかね？」

「その通りかと存じます。ベレト殿はお元気にされておりましたか？」

「は、はい。アリア様もお元気そうで」

未《ま》だ不気味な笑みを維持しているベレトだが、それだけ。

（会話に違和感もなくて、嫌味も感じなくて……。あっ、これこそ遠回しな嫌がらせなのかも……）

サーニャからは誤解ではないかとか、従者のクラスで人気だとか聞いているが、前科がある。

挨拶の時点で嫌がらせをしているとなれば、歌を披露する際に、パフォーマンスを阻害するためにあの睨みを利《き》かせてくる可能性は高いだろう。

念には念を入れることは必要だ。

(あ、あなたがそのつもりなら、あなたを見ないように意識するだけだもん……)

彼がどのような恨みを持っているのか心当たりはないが、披露の場で失敗するわけにはいかない。

『絶対に思い通りにはさせない』なんて気持ちを強く持った——その瞬間。

「あっ、気が利《き》かず大変申し訳ありません。せっかくですから、お食事をいただきながらお話をどうですか？」

「っ‼?」

「その、エレナ……嬢からは立食をしながらでも、と聞いてますので」

「……」

(ど、どどうして……)

目を見開き、言葉を失ってしまうアリアである。

今、それほどに衝撃的な誘いを受けたのだ。

公爵という身分だけに、このような提案を受けたことはなかったのだから。

『失礼に捉えられるかもしれない』

『本人から、周りの参加者から、図に乗っているように思われるかもしれない』

全員が全員、そんなことを心配することで。

加えて『待ちの姿勢』を取らなければならないアリアにとって、このような提案をすることはできないのだ。

『この貴族には提案をして、この貴族には提案をしなかった』という事例を作ることで、いざこざを生まないためにも。

「あ、あの……？　アリア様？　そのようなご気分ではありませんでしたか？」

「い、いえっ！　それではご一緒してくださいますか？」

「喜んで。では向かいましょうか」

「っ！　え、ええ……」

アリアが再度驚いたのは、自身の右手を並ぶ料理に向けた行動を見て、である。

参加者に『自分からお誘いした』とアピールしてくれたのだ。

この動き一つで、アリアから提案したと疑われることがなくなる。

（わたくしの気持ちも、公爵の事情も汲《く》み取って、このように動いてくれるなんて……）

あの不気味で引き攣った笑顔は、ただ笑顔を作るのが苦手だっただけ？　と、想像を働かせた時、あの会話が脳裏をよぎる。

『だって怖いんだもん……！　学園で一度すれ違った時、殺してきそうなくらい睨んできてっ‼』

『前々から言っておりますが、「猫被《かぶ》りすぎだろう、お前」なんて思われてしまったのでは。鋭い勘を持っている方はいらっしゃいますし』

専属侍女、サーニャと交わしたやり取りが。

（もしかして、さっきの笑顔は『そんなに遠慮しなくても』みたいな意味があったの……？）

彼がどういう人物なのか、この一件で全く摑《つか》めなくなった。摑みどころがなくなってしまった。

ただ二つだけ――。

「ア、アリア様はどのようなお料理が好みなのですか？」

「わたくしはお魚のお料理が。ですので、あちらに並んでいるものがずっと気になっておりまして」

「そうですか。それはお誘いしてよかったです」

こちらを退屈させないように、彼から話題まで振ってくれる。

そして、もう一つ。

こちらの様子を窺《うかが》う……いや、牽制《けんせい》するような視線を感じるのだ。

男性貴族と挨拶中の友人、ルーナと、料理を運び終わり、晩餐《ばんさん》会に参加した友人のエレナから。

「……ふふ」

「ど、どうかされましたか？　アリア様」

「申し訳ありません。少し思い出し笑いをしてしまって」

見透かされている可能性もあるが、上品に微笑《ほほえ》んで誤魔化しを図る。

まさかあの二人から、嫉妬とも言える感情を向けられるとは思わなかった。

この件は必ず聞いておきたいところ。

こんな収穫を得られるとは思わなかったこと。

挨拶がこんなにも楽しく思える夜会に参加したのはいつぶりだろう……。

ピンクの瞳に大きな光を宿すアリアだった。

第三章　晩餐会その二　印象

(ふう……。やっぱり上の立場の相手と会話するのは疲れるなぁ……。初対面に近い相手でもあったし)

アリアと立食しながら一五分ほど過ごし、独り占めをしないためにも場を離れた今。
新しい料理を取ったベレトは、誰の邪魔にもならないように壁際の隅に移動していた。
たくさんの料理が運ばれたことで、このより一層の盛り上がりを見せている会場。
それは、この場の空気を感じているだけで退屈しないほど。
見ているだけで明るい気持ちになれるほど。
「まあ、こんな時間も悪くない……か」
これから一人の時間が続くことがわかっていても、素直にそう思える。
ふっと笑みを浮かべてチキンを口に入れるベレトは、再び周りを見渡した。
(それにしても……凄《すご》いな)
心の中でそう思い、口の中にあったものを飲み込む。
「いつも関わっているだけに麻痺《まひ》してたけど……」

首を右に回して固定する。

そこには、男の従者三人と楽しそうに会話しているシアがいる。

シアが従者に何度か手を振っているあたり、なにかしらのお誘いを断っているのだろうか……。

一つ言える。間違いなくモテていると。

次に首を少し左に回して中央付近を見る。

そこには、料理を運び終えて晩餐会に参加しているエレナがいて、四人の男貴族と談笑している。

全員が知人なのだろう、他よりも一段と楽しんでいるような雰囲気がある。

加えてエレナの笑顔を見た全員が頬を赤らめている。中には、立食の手が止まっている者もいる。

一つ言える。間違いなく惚《ほ》れていると。

さらに首を左に回して左側を見る。

そこには男貴族、一人一人から挨拶をされているルーナがいる。

一方的に男貴族が喋《しゃべ》っていて、ルーナは相変わらずの無表情で相槌《あいづち》を打っている。

身分が低いことで一番声をかけやすい人物であり、エレナやアリアに引けを取らない綺《き》麗《れい》さを持っているのだ。

一つ言える。間違いなく狙われていると。

「……」

知人の三人に視線を回した後、手に持ったお皿に目を落としたベレトは、再び料理を口に運ぶ。

（なんか、ちょっと……いや、モヤモヤする……。普段見ない光景だからかな……。いつもはこんな風にならないのに……）

心が締め付けられるような、息苦しい感覚に襲われる。

（シアにならまだしも、エレナとルーナに対してもこう思うなんて……）

二人とはただの友達関係。これは迷惑にしかならない独占欲だ。

「……はあ。自衛自衛……」

あの光景をさらに視界に入れれば、もっと心にモヤがかかってしまう。

変な気を起こさぬよう、料理を楽しもうと気持ちを切り替えてフォークを動かした時、隣に人気《ひとけ》を感じた。

「──どうも」

「あ……どうもです」

いきなり声をかけてきたのは、ドレスではなく、スーツのようなものに身を包む長髪の女性だった。

動きやすそうな服装を見るに、参加者というよりは警備的な役割を担《にな》っている人物なのだろう。

（となるとルクレール家の関係者さんかな？　空き時間は一人で過ごしている参加者を楽しませるように……みたいな役割も兼ねてるみたいな？）

悪い噂《うわさ》のある自分に声をかけてくる相手はいないも同然。当然の推理である。

「楽しんでおりますか。今宵《こよい》の会は」

「は、はい。楽しませていただいてます。お料理も美味《おい》しいです」

（今の言葉的にやっぱりそれっぽいな……。それにしてもめちゃくちゃクールで……）

相手がルクレール家の関係者だと決定づけ、素直な気持ちを述べておく。

「そうですか。であれば、なおさらですね」

「ん？」

ふっと表情を和らげた女性だが、その真意は上手に濁される。

「アリアお嬢様の件、感謝申し上げます」

「えっと……すみません。なにに対してのお礼でしょうか？」

心当たりのないお礼ほど怖いものはない。失礼にならないように、下手《したて》になって詳しい説明を求める。

「どこまでも知らぬ存ぜぬですか？」

「あ、あはは……」

（いや、そもそも心当たりが――）

「――アリアお嬢様を立食にお誘いされたことですよ。アリアお嬢様のお立場では、ご挨拶の際に自由を制限されてしまいますから」

「あ、ああー、そうなんですね……」

（え？　なんで制限されるの？　アリア様からは立食に誘えないの？）

理解が全く追いつかないが、この女性は知らないふりをしていると未《ま》だ勘違いをしている。

白状させるためか、反応を窺うためか、丁寧な説明を加えてくる。

「あなた様が先陣を切って立食にお誘いしてくれたおかげで、お食事を楽しみながらご挨拶を、との流れをアリア様は取ることができました。そのお礼です。お誘いへの勇気、お気遣いは全員が行えるようなことではありません」

「い、いいえいいえ……」

（ま、ままま待って。『お誘いへの勇気』って、本来するべき行動じゃないってこと⁉︎

エレナからは『立食しながら』って聞いてたんだけど……！）

この口ぶりからするに、珍しい行動を取ってしまったのは間違いない。

一歩間違えば失礼にあたる行動だと知り、肝が冷える。冷や汗が流れる。

「お言葉ですが、そのようなつもりは本当になかったので、お気になさらず」

「……変わったお方ですね。あなた様からしても、安い感謝を向けられているわけではないかと思うのですが」

「ま、まあ……このような会では気楽さが大事だと思いますので」

「ふふ、そう言っていただけると助かります」

（……それにしても、この手厚さはさすがアリア様だなぁ。『お嬢様』なんて呼ばれているし）

公爵家の関係者ならまだしも、ルクレール家の関係者までそう呼んでいるのは、それだけの重鎮ということだろう。

「……と、申し訳ありません。ご挨拶が申し遅れましたね。私、サーニャ・レティーシャと申します。どうぞ、サーニャとお呼びください」

「あっ、こちらこそすみません。ベレト・セントフォードです。こちらもベレトで構いません」

「ありがとうございます。それではベレト様とお呼びさせていただきますね」

「わかりました」

（って、本当に呼び捨てで呼んでいいのかな……）

この佇《たたず》まいと雰囲気から、明らかに只者《ただもの》ではない匂いがするのだ。

不安要素がある今。できることならば、サーニャの名前を呼ばないように立ち回りたい……。そんな考えを抱きながら食べ物を口にした時だった。

「それにしても、ベレト様にご挨拶される方……見えませんね」

「ッ！　ごほっ、ほごっ」

サーニャが心を抉《えぐ》る言葉をかけてきたのはいきなりだった。

ちょうど料理を飲み込むところだったベレトは、咳《せ》き込みながら口を押さえる。

「あ、嫌味で口にしたわけではなく、こうして接しているとさらに意外に思えまして。私の見立てでは、アリアお嬢様と同等程度ご挨拶に来られる方がいても不思議ではありませんよ」

「あはは……。それはどうもありがとうございます」

嫌味がないのは伝わっている。ただ、クールな態度の彼女であるばかりに、言葉が刺さってしまっただけ。

「ま、まあなにかと評判が悪いことは事実なので……。挨拶は自然と専属侍女、シアを通す形になったと言いますか」

「ベレト様も大変な思いをされているのですね」

「『も』と言いますと……？」

「状況は異なってしまうのですが、聞かれますか」

「それは是非」

サーニャとは今日初めて話した間柄。

少し話題に困っていたところに、こんな申し出をしてくれた。

（もしかしたら俺の気持ちを汲《く》んでくれたのかもしれないな……）

同じような優秀さを持っているシアがいつも隣にいてくれるだけに、ふとこう感じるのだ。

「この身の上なので、不満を口にしても仕方がないと言われればそれまでですが、それはもうだらしない方がいましてね。それはもう本当に」

「そ、それほどなんですか？」

「それほどですよ」

思わず動揺してしまうほどに強い気持ちが伝わってくる。

「掻《か》い摘《つま》んでお話ししますが、ご予定がない日は一日中ベッドの上。お食事もベッドの上で完結させようとしますし、ベッドから出たくない一心でお手洗いまで我慢しますし、おんぶで運んでほしいとまで言う始末です。お布団《ふとん》に包《くる》まり続ける姿はまさにイモムシですよ」

「ははっ」

笑って流したものの、思った以上に衝撃的な内容である。

この世界に転生して、こんなにだらしない人を見たことも、聞いたこともなかっただけに。

そして、クールな態度から放たれる『イモムシ』はなんとも面白かった。

「それだけではありませんよ。最悪、数時間の共寝《ともね》に巻き込まれることもあります。ベッドの中に引き摺《ず》り込まれ、抱き枕にされ」

「え、えっと……そ、それは……ちょっと悪いことではないかもですね？」

サーニャが訴える人物が女性なのか、男性なのかはわからないが、休める時間を作ってくれるのは悪くないと思える。

「嬉《うれ》しいと思えるのは最初だけです。これはもう変わらないでしょうから、将来の伴侶になる方に同情しますよ。ダメなところが目立つだけで無論、尊敬しておりますが」

「な、なるほど」

（この世界にもそんなぐうたらな人がいるんだなぁ……。咎《とが》められていない様子だから、やるべきことはちゃんとしてるんだろうけど……）

仮の話だが、毎日一生懸命頑張っているシアが、そのようなプライベートを過ごしていても、こちらは微笑《ほほえ》ましく思うだけ。

それと似たような形だろう。

「ただ、お仕え甲斐《がい》がないので手持ち無沙汰ですね」

「ああ……。確かにそんな問題もありますか」

「私の存在意義を見失う日もしばしばです」

「甘いもので釣ってみるというのはどうですか？　ベッドから引き摺り出し作戦、みたいな」

「試したことがありますが、一切動きませんでした。腕が届く範囲に近づけると奪われてしまいます」

「それは賢いですね……」

「おっしゃる通りです」

『はあ』と、ため息を吐《つ》くサーニャは本当に苦労しているのだろう。一度、その仕える主に会ってみたくなる。

（って、あれ？　これ……誰の話なんだろう？　エレナはそんな性格じゃないし、弟のアラン君もそんな性格には見えないし……）

過去のやり取りを思い出したことで疑問が湧く。

この晩餐《ばんさん》会に参加しているということは、そのだらしない人物がいる可能性が高いのだ。

「あの、今さらですが、その情報を教えてもよかったんですか？　なかなかに秘密事項のような」

「誰も信じないというカラクリがありますからね」

「ほう……？」

「もう一つの理由を挙げれば、ベレト様は言いふらすような性格でも、引くような性格でもないと判断したので。『やるべきことをやっているのならば、自由に過ごしてもらった方がよい』という考えをお持ちでは？」

「なんだか凄《すご》い観察眼ですね……」

「対話をすればある程度はわかります。これでも、たくさんの方を見てきましたから」

「納得しました」

言い当てられただけに『嘘《うそ》』なんて気持ちは一ミリも湧かなかった。

関係がないに等しいサーニャだが、気まずさを感じないのは、言葉通りに多くの対話をした経験があるからだろう。

（自分もいつか、この人みたいになれるかな……）

将来の侯爵を担《にな》うだけあって、確実に必要なスキルとなるだろう。

今日、この晩餐会に参加したことで、一つの収穫を得ることができた。

「──それにしても華、ですね」

「間違いないです」

主語のない言葉を肯定したベレトは、彼女と同じ方向に視線を向ける。

晩餐会の中央当たり。そこにちょうど集まったのは、三人の淑女。

公爵家のアリア。

伯爵家のエレナ。

男爵家のルーナ。

それぞれに似合うドレスに身を包む令嬢達。

「私でも視線を奪われるほどですから、男性ならばもっとでしょうね」

「はは」

「ベレト様もお入りになっては？」

「お邪魔になるので遠慮しておきます。エレナとルーナは、アリア様とお会いできることを楽しみにしてもいましたから」

「そうですか。でしたらもう少し私とお話ししてくださいますか」

「もちろんです。ありがとうございます」

「とんでも……ございません」

お礼を言われたことに一瞬の驚きを見せるサーニャだが、ベレトはそれに気づいていなかった。

高嶺《たかね》の花。まさしくその言葉が似合う三人に視線を送っていたことで。

＊＊＊

「まさかエレちゃんとルーちゃんがお知り合いになっていただなんて、ビックリしましたよ」

『堅苦しい口調や態度は結構ですからね』と、アリアの先手から始まった挨拶。

「最初は関係がなかったのだけど、いろいろあって……。ね、ルーナ」

「はい。ですが、このタイミングでのお呼び出しは苦しいです。エレナ嬢」

「あら、それはどうして？」

「『お前は何者なんだ』との視線が痛いですから。あまり注目を浴びたくありません」

公爵家と伯爵家。この家柄に挟まれている男爵家。貴族の中では一番立場の弱いルーナなのだ。

『肩身が狭い』という素直な訴えをするが——軽く流す二人がいる。

「ルーちゃんは堂々としていればよいのですよ。周りのことなどなにも気にする必要はありません」

「アリア様のおっしゃる通りよ」

アリアが微笑み、続いてエレナも微笑む。

無論、からかいや意地悪をしているわけではない。

この場に参加させることで、ルーナとの人間関係をアピールするため。

手軽なアピール一つで噂《うわさ》が広まり、『男爵家だから』と下に見られる可能性が大いに減るのだ。

結果、ルーナによからぬことを考える貴族を将来的にも牽制《けんせい》することができるわけである。

その本人が二人の目的に気づけないのは、一度も夜会に参加したことがないから。

「そもそも、ルーちゃんが注目を浴びないのは無理なお話でしょう？　綺麗《きれい》なお召し物を着用していることもそうですが、侯爵家嫡男のベレト殿ともお知り合いでしょうから。彼と仲良くご挨拶している現場、見ておりますよ」

「それは……確かにおっしゃる通りですね。お言葉通り、周りを気にしないように努めます」

「ねえルーナ、あたしその時にいなかったから教えてほしいのだけど、もしかしてベレトから先に挨拶をしてきた？」

「そうですよ」

コクンと頷《うなず》いた返事をすれば、二人は感心するように目を大きくする。

自分らと同じように、ルーナのために人間関係をアピールしたんだろう、と導いたことで。

『お立場がお立場なだけあって、さすがの気遣いですね。ベレト殿は』

『た、たまたまじゃないかしら？　気遣ったのかもしれないけど……』

誰にも気づかれない一瞬のアイコンタクトをする二人である。

「あの、エレナ嬢はまだベレト・セントフォードとご挨拶していませんが、よろしいのですか」

「っ！」

と、『挨拶』という話題から、思い出したように口を開くルーナがいる。

「あ……。もしかしてサーニャがご挨拶しているからでしょうか。離れるよう伝えましょうか？」

「そ、そうじゃないの……。そうじゃなくて……」

途端、声が弱々しくなる。明かりに照らされる顔を朱色に色づかせるエレナは、挨拶中のベレトを一瞥《いちべつ》して言うのだ。

「なんか……その、格好が変だから……今はいいのよ。もう少し時間を空けるわ」

「え？　ベレト殿のお身なりは――」

「――素敵な格好なので、もう少し見慣れてからご挨拶をするつもりでしたか。それは失礼しました」

「ちょ、アリア様の前でなんてことを言うのよっ！」

「誤解を招きかねませんでしたから」

「も、もぅ……」

正確な説明と正論を受けたことで、なにも言い返すことができなかったエレナは、頬を赤らめながら動揺を露《あら》わにする。

今の光景を見るだけで、普段からこのようなやり取りがされているのだろうと想像を働かせるアリアである。

「そのような意味合いでしたか。ベレト殿にご好意を寄せられていることは知っているので、より驚いてしまいました」

「えっ……」

「もちろんルーちゃんも含めてですよ」

「っ」

「わたくしがベレト殿と挨拶する際、強い目で見てこられたでしょう？　お二人とも」

「そのようなことは……ありません」

「あ、あたしもよ。アリア様にそのようなことするわけがないわ」

「そうですか。でしたらわたくしがベレト殿とお抜けしても問題ありませんね？」

「…………」

「…………」

真顔で会心の一撃を食《く》らわせるアリアと、痛恨の一撃を食らう二人。

ピッピッとルーナがエレナの裾を二度ほど引っ張れば、エレナもルーナの裾を引っ張る。

『早くダメって言って』とお互いが押しつけ合うあからさまな行動を見る歌姫は、口に手を当てて上品に笑うのだ。

「ふふふっ、それほどなのですね。先ほどの言葉は冗談ですから安心してくださいな」

「よかったですね、エレナ嬢」

「ルーナもでしょ」

「……ベレト殿の悪い噂はあくまで噂、だったということですか」

彼に睨《にら》まれた過去があるアリアだが、今なら『誤解』だったと言える。

外見で判断しない二人がここまで惹《ひ》かれていることもそう。

挨拶を交わした際、公爵の立場を気遣って立食に誘ってくれたこともそう。

ルーナのことを気遣って、人間関係をアピールしたこともそう。

また、もう一つの判断材料がある。

「……サーニャが一人のお相手と、あれだけ長話をしているお姿、わたくし初めて見ます」

彼女が凛《りん》とした性格を持っているのは見ての通り。

夜会に参加した際にはいつも最低限の礼儀――挨拶だけ交わし、自分にとって有意義だと思う時を過ごすのだ。

今回、その行動を取っていないということは、ベレトからの下心や、自らの嫌悪感《けんお》がないということ。

それが有意義な時間だと感じ、純粋に会話を楽しんでいるということ。

悪い噂が本当ならば、この行動が引き出せるわけがない。それは、主人であるアリアが一番に理解していることだが――。

「アイツが無理やり引き止めているだけだったりして」

「美人な方ですからね。彼、気にかけていましたよ」

「やっぱりそんなことだろうと思ったわ」

エレナとルーナによる隙のないやり取り。

置いてけぼりにされたことで、ムッとしている二人に訂正することは叶《かな》わず、眉をピクピクさせるアリアがいる。

『ほ、本当に好意を寄せているの？』という疑問が生まれたことで。

しかし、その考えはすぐに霧散することになる。

ベレトに視線を送った二人が、うっすら微笑《ほほえ》む様子を見て。

「……」

これだけでも三人の関係性を悟るアリアは、羨ましいという感情を募らせる。

自分とサーニャのように、立場に関係なく軽口を言い合えるような、素敵な関係が男女で作られていることで。

「従者のクラスで人気になられるのは……当然ですか」

瞳を細めながらボソリと呟《つぶや》くアリアは、ふと目に入る。

そんなベレトに挨拶をしようと、ソワソワしながら待機した二人の侍女に。

この時、初めて後悔という感情がアリアに芽生えるのだ。

誤解のない状態で、先入観を捨てて、ベレトと純粋な挨拶を交わしたかったと。

＊＊＊

（お美しいアリア様やエレナ様、ルーナ様をご覧になって、皆さん気分が高まっているのでしょうか……）

ほんわかした笑顔でたくさんの挨拶を捌《さば》いていくシア・アルマは、内心こんなことを思っていた。

気苦労をどんどんと重ねていた。

普段の挨拶ならばこんなことにはならない。むしろ人と会話することが大好きなシアだが……三つの例外を受けている状態だったのだ。

『今度、お休みの日にでも……』

このお誘いが一つ。

『本当に可愛《かわい》らしいですね。心に決めた方などいるのですか？』

この口説き言葉が二つ。

『噂で聞いたけど……大丈夫？』と、首を傾《かし》げてベレトを一瞥し──『悩みごとがあれば相談に乗るよ』

なんて誤解している言葉が三つ。

シアはベレトの専属侍女だ。

ご主人の顔に泥を塗らないように。ご主人のご迷惑にならないように。

この二つをいつも一番に考えている。

つまり、断った相手がベレトに矛先を向けないよう相手を気遣いつつ、不快な思いをしないように言葉を選びながら、全て断り続けているのだ。

一人一人の性格によって言葉を選び考えるのはとても大変なこと。

本当は、こう答えたいのだ。

『今度、お休みの日にでも……』

そう聞かれれば——。

『申し訳ありません。ベレト様に誤解されてしまいますからっ』と。

『本当に可愛らしいですね。心に決めた方などいるのですか？』

そう聞かれれば——。

『もちろんベレト様ですっ‼』と。

『噂《うわさ》で聞いたけど……大丈夫？　悩みごとがあれば相談に乗るよ』

そう聞かれれば——。

『結構です。ベレト様のことを誤解されているので』と。

雰囲気のいい晩餐《ばんさん》会なだけあって、声を荒らげたり、半ば脅してくるような貴族はいないが、気持ちを抑えることはより疲れること。

（……ベレト様）

また一人と挨拶を終えたシアは、もの惜しげな視線をご主人に送る。

そこには——アリアの専属侍女、サーニャと入れ替わるように、侍女が二人……ベレトと挨拶をしているところ。

おどおどしながらも、楽しそうに。

（私も、ご一緒したい……です）

あの二人の侍女は、会場で既に挨拶を交わしているクラスメイト。

学園でベレトの話をすれば、興味深そうに聞いていた侍女である。

今の光景はベレトにとってなによりも前進したこと。良《い》いことだが、シアにとってはキュッと胸が苦しくなる思いなのだ。

異性としてのお誘いや口説き。

そんな言葉をたくさんかけられ、自慢のご主人でもあるからこそ、無意識にこんな思いを抱いてしまうのだ。

『そのようなお誘いをベレト様も受けているんじゃないか』と。

相手のことを傷つけたくない。そんな思いで断ることができないんじゃないかと。

もしかしたら、『この人を引き入れたい』なんて思ったりもするんじゃないかと。

今、ベレトに挨拶をしている二人の侍女は、学園で両手の指に入るほどの優秀な成績の持ち主。

加えてアリアやエレナ、ルーナのように大人びた顔立ちをしている。自分のように幼い顔立ちをしているわけじゃない。

よりそう思ってしまうのは、仕方がないこと。

「……」

シアの仕事はご主人の代わりになって挨拶回りに努めること。立食時間の二十時まではそれに徹底しなければならない。

しかし──。

（ほんの少しだけ……私のわがままをお許しください……）

ベレトは将来のことを相談した相手。一番お慕いしている相手。

どうしても私情が溢《あふ》れてしまう。

ご主人のことをどれだけ信頼していても、大きな心配に襲われてしまう。

（五分だけ……。いえ、せめて三分だけでも……）

眉尻を下げながら胸に手を当て、ご主人の手に持つお皿に料理が残っていないことを確認したシアはすぐに動くのだ。

料理が並ぶテーブルに移動し、彩《いろど》りを考えて料理を見繕う。

それから三人の元に静かに近づけば、盛り上がりのある声が聞こえてくるのだ。

「──そ、そうなの⁉」

「はい！　いつもお手本にしておりまして……っ」

「私もとても尊敬しておりまして……っ」

「いやぁ、そう言ってもらえると主人としても鼻が高いよ。っと、自分がこんなこと言うと圧がかかるかもだけど……これからも仲良くしてくれると嬉《うれ》しいな」

「そ、それはむしろわたしがお願い申し上げたいところで……！」

「同じくその通りにさせていただけたらと！」

笑顔を浮かべるご主人と、ワタワタしている二人の侍女。そのタイミングで――。

「あ、シア」

挨拶が終わるまで待つつもりだったが、気づかれてしまう。

「あ、あの……ご挨拶をお邪魔してしまって申し訳ありません。その、ベレト様のお手元が寂しいかと思いましたので、ベレト様がお好きなものを見繕いまして……」

「忙しいのに気を回してもらってごめんね。本当にありがとう」

「いえ……。それよりも、私がお邪魔してしまったご挨拶を……」

構ってもらえるのは本当の本当に嬉しいが、今は状況が違う。

慌ててそう促せば、侍女二人は微笑んだ。

『お話に聞いていた通りですね』

『いつもそのようなやり取りをされているのですね』

なんて表情を含ませるように、一歩下がって声を出すのだ。

「ベレト様。不躾《ぶしつけ》で大変申し訳ないのですが……わたし達はこの辺で失礼させていただきます」

「ご挨拶のお時間を作っていただき、誠にありがとうございました」

「あ……。うん。こちらこそありがとう」

全員が全員空気を読んだ結果、両手でスカートの裾を軽く持ち上げ、急に離れていくクラスメイトを素直に見送るご主人。

「あはは……。気を遣われちゃったね、シア」

「っ‼」

挨拶に割り込もうとしたわけではない。それでも最終的にそうなってしまった。

すぐに謝罪しようと頭を下げようとすれば、『わかってるよ』と伝えてくれるように、声色が変わった。

「もしかしてだけど……さ？　あの二人には自分達の関係ってバレてたりする？　その、シアと相談した将来的なやつ……」

「い、いえ！　あ、あああの件は誓って誰にも言っておりませんっ！」

「そう？　じ、じゃあ……そんな雰囲気が出てたりするのかな？　二人にさせようとしてくれたでしょ？　あの二人」

「そ、そうかも……しれません。えへへ……」

ご主人はどこか恥ずかしそうに視線を下に向けた。そんな姿に、自分も恥ずかしさが伝染する。

「ま、まあ勘づかれても特に問題ないんだけどね。悪いことをしようとしてるわけじゃないんだし」

「そ、そうですね……っ」

顔を見合わせる。もしかしたら、赤くなっているところがバレているかもしれない。

でも、シアにとってはとても幸せな時間だった。

周りの協力があれど、念願を叶《かな》えることができたのだから……。

「ね、シアって今時間空いてたりする？　とりあえず一五分くらい」

「空いております！　全然空いております！」

「それはよかった。なら少し立食に付き合ってくれない？　これから一人になる予定で」

「もちろんお供させていただきます！」

「じゃあシアの分の料理を俺が見繕っていい？　このお返しに」

「よ、よろしいのですかっ⁉」

「むしろそうさせてほしいよ」

「ありがとうございますっ‼」

「よし！　それじゃあ時間ももったいないし移動しよっか」

「はいっ‼」

今日一番嬉しいお誘いが巡ってきた。

ご主人との親しさや優しさを周囲に見せられることが幸せだった。

「っと、ごめん。一旦このお皿を持ってもらっていい？　見繕うために両手を空けないとで」

「喜んで！」

無意識に頬が緩んでしまう。そんな笑顔でお皿を受け取るシアだった。

＊＊＊

「楽しく過ごしているかしら？」

「あはは、おかげさまでね。お料理も美味《おい》しくいただいてるよ」

「あらそう。お口に合ったようでよかったわ」

専属侍女、シアと軽く立食をした後のこと。

ベレトが一人になったタイミングで、晩餐会の主催側――エレナが声をかけに来た。

「あっ、そうそう。それに今回いいことがあって。ちょっと聞いてよ」

「なに？」

「晩餐会で俺に挨拶してくれた人が三人もいてくれて！　これ凄《すご》くない？」

「……」

テンションを上げて嬉しそうに報告するベレト。

誰しもが『たったの三人……？』と言うようなことで、情けないと思える報告だが、事情を知っているエレナなのだ。

常日頃の苦悩を感じ取りながら、微笑を浮かべるのだ。

「ふふっ。まあ『悪いヤツだ』って誤解されているあなたの立場を考えると、凄いことね」

「でしょ！」

挨拶を受けるという当たり前のことが、当たり前ではないベレトなのだ。

「ただ、寂しい自慢よ？　それ」

「友達にしかしない自慢だからいいの」

「ふーん」

普段通りの素っ気ない返事をすると、体を半回転させてベレトの真横を陣取る。

壁に背中を向けて共に会場を見るのだ。

「やっぱり対面で話すよりも、こっちの方がいいわね」

「な、なにそれ。顔を合わせて話したくないってこと？」

「なんでそうやって卑屈に捉えるのよ。この方が親密って感じするじゃない？　……あ、今のは言い過ぎたわ。『堅苦しくない』に訂正させてちょうだい」

「別に訂正しなくても……」

「からかってくるような性格をあなたがしていなければ、訂正してなかったわね」

「そんなつもりはなかったのに。今回は」

「まあ、時にお調子者であるのがあなたのいいところなんでしょうけど」

「それ絶対褒めてないでしょ」

「一応は褒めたつもりよ。一応は」

「はいはい」

「ふふ、雑な返事だこと」

お互いに打ち解け、砕けた会話。

エレナのこの姿を引き出せる異性は——ベレトだけだろう。

「でも、周りのことを考えたら対面で話す方がよくない？」

「変な誤解をされるとでも言いたいのかしら」

「そんなところ。エレナのことが気になってる貴族から質問されるだろうし、対応するの大変だよ？　きっと」

　このような会での挨拶や会話は基本的に対面で行うもの。

　異性で肩を合わせる姿は、やはり他よりも目立つ光景になってしまう。

「あなたに心配される筋合いはないわ。あたしは後悔のないように行動しているから」

「そっか」

「……逆に聞くけれど、あなたは大丈夫なの？　変な誤解をされたら、あたしと同じように、なにかしらの影響があると思うのだけど」

「俺？　俺はまあ……『ん』って感じ」

「はあ？　なによその『ん！』って」

　口をムッと閉め、強調するように喉を鳴らすエレナ。

　どういう意味なのよ。なんて不満から来ているのだろうが、ベレトからしたら面白おかしく、思わず見つめてしまうような表情である。

「まあその……嫌なことは嫌だってちゃんと言うよ。相手によっては対面になるようにも動くし」

「あ、あっそ。そんな理由なら聞かなければよかったわ」

「俺も言わなければよかった」

「……」

「……」

お互いに違う言葉を交わすも、抱く感情は同じ。

『恥ずかしくなったから』と。

その感情に身をまかせるように無言のまま視線を逸《そ》らす二人であるが、気まずさを払うように話題を変えるベレトである。

「そ、そう言えば……弟のアラン君は今どうしてるの？　会場にずっと見えてないから気になって」

「アランなら調理場で指揮をしているわよ。将来のお勉強を兼ねてね。一応、アリア様がお歌いになる頃には会場入りする予定になっているけれど、やる気に満ち溢《あふ》れているからすぐお片づけに戻るかもしれないわ」

「なるほどね」

学べる機会を無駄にしたくない。そんな強い意志が伝わってくる言葉だった。

「あ、調理場の件で思い出したのだけど、あなたってお料理ができるのよね？」

「う、うん。できることはできるけど……引き続き内緒でお願いね？　変に注目浴びたくないから」

　というのは口実。

　実際には料理をしなかったベレトがどうして料理ができるようになっているのか、という疑問を屋敷《やしき》内の使用人達から持たれないため。

　純粋過ぎるシアになら、『実はこっそり勉強してたんだ！』で通用しないこともないだろうが、シア以外にも通用する言い訳となると、考えつかない。

「あたしずっと思っていたのだけど、あなたが作るお料理を一度食べてみたいわ」

「え……」

「公にはせずに、身内で済ませれば問題ないでしょう？　内緒にしてほしいなら対価をもらわないとだし」

「あはは……。ちゃっかりしてるなぁ」

「そのくらいあなたの手作りを食べてみたいのよ」

　チラッと横目で視線を送ってくる。

「そんなに食べたい……んだ？」

「そう言っているでしょうに」

「じゃあそうだなぁ……。内々なら大丈夫だけど、そんなに自信があるわけじゃないよ？」

「もちろん構わないわ。ちなみにいつ頃を考えているのかしら？　少し具体的な時期を聞かせてほしいのだけど」

「うーん、アラン君がお店を出す前とか？　そこでエレナが美味しいって言ってくれたら、アラン君の出すお店でその料理を使っていいと思ってるし。アイデアは俺以外が考えたってことにしてもらうけど」

「つまり、オリジナルに近いのね？」

「そ、そんなところ」

「……はあ。あなたって本当に欲がないわよね。アイデアは時に高く売れるのよ？　交渉材料にもなるんだし」

呆《あき》れた息を吐かれる。ジト目も向けられるが、この手のことは追及されたくないだけのベルトである。

「『欲がない』って言うけど、エレナだって同じでしょ？」

「今はもう違うわよ。どうしても欲しいものが一つできたから」

「へえ……。装飾品とか宝石とか？」

「そんなところね。生意気で意地悪な原石なの」

「うん……？」

なぞなぞのような言葉に首を傾《かし》げてしまうばかりのベレト。

「最近は価値が上がっていて、たくさん狙われてしまっているのよね」

「そのくらい綺麗《きれい》なんだ？」

「ふふっ、別に綺麗ではないわよ」

「……今気づいた。からかってるでしょ、エレナ」

「そんなつもりはないけれど、直にわかるわよ。直にね」

「ッ！」

含みを明確に示すように、眉を上げておどけた表情を見せるエレナは、人差し指でツンと脇腹を突いてくる。

「ねえ、そんなことしたら絶対変な噂《うわさ》立つよ？　今何人か見てたし」

「もう今さらでしょ？　構わないわよ」

「はは、エレナらしい返事で」

そこまでキッパリと言ってくれるのなら、あと腐れも心配もなくなる。なんとも頼もしいものである。

「あ、そうそう。話は変わるんだけど、今のうちにエレナに報告しておくことが」

「あら？　なにかしら」

「俺、あと三十分くらいしたら一旦外に出てくるよ」

「異性とこっそり会う約束でもしているのかしらね」

「そんなわけないって。休憩を兼ねてちょっと外の空気を吸いたくなって」

「あっそ、ならいいわ。敷地内《しきち》は安全だけど、お屋敷から離れれば離れるほど人の顔も見えないくらいに暗くなるから、足元には注意するのよ」

「そんな子どもにするような注意しなくても」

「あなたのことだから転《こ》けても不思議じゃないでしょ？」

「全然不思議じゃないです」

ニヤニヤしながら首を傾げるエレナに対し、丁寧語で強調するベレトだった。

幕間《まくあい》一

肩を並べ、ちょっかいを出し、誰も入り込めないような空間を作りながらエレナとベレトが談笑している現在。

公爵家のアリアは、友達のルーナとやり取りを続けていた。

その会話の内容こそ、視界の隅に入れている相手に対してである。

「ねえルーちゃん、あのお二人はお付き合いされていないのですよね……？」

「わたしの知る限りではそうですよ」

「そ、そうですか……。想像の斜め上を行くほどに気を許しているようですから、つい……」

（あ、あれは絶対お付き合いしている距離感だと思うけどなあ～。あれで付き合っていない方がおかしいと思うなあ～……）

器用なアリアは口調を丁寧に。心の中では素の口調でツッコミを入れていた。

「あの雰囲気ですから、そう感じられてしまうのも無理ないかと」

「それだけ特別に思われている、ということなのですね」

「事実、そのように思えるような方ですよ。彼は」

恥ずかしがる様子もなく、どこか自慢げに目を細めるルーナがいる。

「ルーちゃんがそこまで言うお方であれば、信じる以外にありませんね」

（いいな、羨ましいな……。二人はもう恋人にしたい方を見つけられていて……）

深く考えてはいなかったことだが、アリアは十分に理解している。

いつの日か、必ず婚約をしなければならない時が来ることを。

無論、婚約者のことを詳しく知らない状態で、嫁がなければいけない場合もある。

そして、婚約した際には——公爵の名に傷をつけないために、『麗しの歌姫』の通名に傷をつけないために、素を出すわけにはいかなくなる。

（ひぃ……。わたくしも見つけられないかなあ〜……。甘えてもサーニャみたいに許してくれて、だらだらしていても黙認してくれて、ずっとベッドの中にいても怒らなくて、共寝しようとしても怒らなくて……）

アリアの希望は『寛容すぎる』男性。

素の姿を誰にも言わないでいてくれる男性であるが、これは絶対に無理な要求。既に諦めていること。

皆が求め、皆が好ましく思っているアリアの姿は、上品で華麗な『麗しの歌姫』なのだから。

『非の打ちどころがない』イメージを崩すことで家にも迷惑をかけてしまうのだから。

今後、人生一の幸せを手にするかもしれない友人と、絶対にそうなることのないアリアは、明確な差を感じながら、こう口を開くのだ。

「結ばれるのは時間の問題でしょうね」

「エレナ嬢のタイミング次第だと思います。彼女のお誘いを断るような男性がいるはずありませんから。美しくて、優しくて、地位もあって。……羨ましいことばかりです」

「ふふふっ、少し見ない間にすっかり変わりましたね。今までのあなたは読書さえできればよいというお考えを持たれていたでしょう？」

「変えさせられてしまいましたから。……彼のせいで、身の丈に合わないほど欲深くなってしまいました」

落ち着いた雰囲気のまま、どこか攻撃的なセリフを聞くアリアは、様子を窺《うかが》うようにチラッと視線を動かす。

視界に映るのは、うっすら口角を上げて、ルーナが嬉《うれ》しそうな表情を作っている様子。

（そんなに……なんだ……）

大好きな読書よりも、ベレトに熱中していることは見るも明らかなこと。

「一つ教えてほしいのですが、ベレト様はそれほどまでに魅力的な方なのですか？　あまり関わりがないので、その……」

「いまいち摑《つか》めないのであれば、アリア様もご登校をされて、確認されてみてはどうですか。とある方から聞いていますよ。『学園に通える日もあるのに、なにかと理由をつけて行こうとしない』と」

「そ、そちらはコンディションの調整もありまして……」

「確かにそれは本人にしかわからないことですね」

「え、ええ」

名を伏せているが、このような実情を知っているのは、専属侍女のサーニャしかいない。

勝手に情報を教えた罪として、今宵《こよい》はサーニャを共寝の刑に処することを心に決めたアリアである。

「これは個人的なことですが、彼のよいところはありのままの時によく見えますよ」

「ありのままの時に……？　それは珍しいですね」

普段から自分自身を偽っているアリアだからこそ、特にそう思うこと。

ピンクの目を大きくさせて、反応したその時だった。

「──ご歓談中に申し訳ございません、アリアお嬢様。ルーナ様」

凛《りん》とした声が、間に入るのだ。

その相手を確認したルーナは、すぐに頭を下げる。

「お久しぶりです、サーニャ様。わたしは構いませんよ」

「久方ぶりですルーナ様。感謝申し上げます」

「……どうされたのですか？　サーニャ」

「はい。お歌のお披露目に向けたウォーミングアップやご休憩を兼ね、あと三十分程度でお席を外されるよう申し上げたいのですが、どうでしょうか」

「特に疲れているわけではないので、三十分もの休息を挟む必要はないのですが――」

なんて建前を口にするも、休憩の言葉に目を輝かせるアリアは、スラスラと言葉を続ける。

「――ウォーミングアップは入念に行いたいので、それなりに席を外させていただきましょうか」

「承知しました。ではそのようにお話を通しておきます。水を差してしまい、申し訳ございませんでした。それではこれで失礼いたしま――」

「――サーニャ、まだ時間はあるのですから、あなたもお話に交ざっては？　せっかくの機会でしょう？」

「ルーナ様がよろしければ」

「お断りする理由はありません」

間を空けることなく頷《うなず》いて肯定するルーナ。

アリアが学園に登校する際、サーニャとも毎度顔を合わせている間柄なのだ。

そうして三人になったところで、一つ気になっていた話題を挟むのだ。

「ねえ、サーニャ。わたくし珍しいものを見ましたよ。あなたが一対一であれだけ長くご挨拶しているところを」

「ベレト様とでしょうか」

「ええ。ルーちゃんも気になったでしょう？」

「どのような印象を抱かれたのか、気になります」

ルーナを誘導したのは、アリア自身も気になっていたから。

「人並みで申し訳ありませんが、とても好感の持てる方でしたよ。褒められることを行っても驕《おご》ることなく、よい意味で貴族らしくありませんでした」

「……あなたがそれほど褒めるのですね」

たくさんの相手を見てきたサーニャは、下心や邪《よこしま》な考えまで見抜くことができる。

そんな専属侍女であるばかりに、『貴族らしくない』は最大級の褒め言葉と捉えることがのできるのだ。

「アリアお嬢様も珍しくございますよね。異性のお話を持ち出されるとは」

「とある方の意中のお相手ですので」

「っ」

仕返しとばかりに言い返してくるサーニャだが、受け流しつつ話題を振るのは得意なこと。

「そうでしたか。ルーナ様はベレト様のことを」

「仮に想《おも》いを寄せているのならば……サーニャ様は不思議に思われますか」

「応援させていただきますよ。それだけ素敵なお相手だと感じております」

「……そう、ですか」

いろいろな感情が入り混じったのだろう、今の顔を見られたくないように、ぼそぼそとした声で顔を伏せるルーナがいる。

アリアは初めて見る。冷静沈着な彼女が、こんなにも取り乱した姿を。

(恋をすると、こんなにも変わるんだ……)

読書が恋人のルーナだったからこそ、より衝撃的に感じる。

自分にはないものだからこそ、さらに羨ましく思う。

心を許した異性がいることを。

第四章　晩餐会《ばんさん》その三　表の顔と裏の顔

「エレナの言ってた通り、本当に暗いなぁ……。これは足元に注意しないと……」

それから四十分が過ぎただろうか。

会場でさらにお腹《なか》を膨らませたベレトは、一人抜け出して外の空気を吸いながら広い敷《しき》地《ち》をのんびり歩いていた。

『エレナやルーナは？』なんて疑問があるだろうが、一八時から二〇時の間は、主に周りへの挨拶を兼ねた時間。

この二時間だけは、誰かを誘って抜け出すという行為が品位を欠いたマナー違反に当たるのだ。

独占するような行動で、他の人が挨拶をしたくてもすることができないという結果に繋《つな》がってしまうことで。

（ま、まあ……みんな歓談中だったから、どのみち誰も誘うことはできなかったけど）

挨拶を兼ねた時間に抜け出す理由を挙げれば、主に三つだろう。

アリアのように、晩餐会のスケジュールで出番が控えている者。

体調が悪くなってしまった者。

手持ち無沙汰になってしまった者。

ベレトの場合、残念ながら三つめに当たるわけだが、マイナスの表情は浮かんでいなかった。むしろ晩餐会場でのことを思い出し、満足そうに頬を緩めるのだ。

「こんな俺に、三人も挨拶しに来てくれたんだもんな……」

侯爵家嫡男の立場であれば、本当に少ない数字である。

誰に報告しても笑われるようなことだが、ベレトからしたら大きすぎる進歩なのだ。

(俺もいつかみんなのようになれるといいな……)

『みんな』と言うのは、シアやルーナ、エレナの三人を意識してのこと。

人気者になりたいと考えているわけではないベレトだが、夜会の挨拶が楽しいものだということを理解したのだ。

また、もう一つ。

『みんなに釣り合うためにも』と、強く思わせられたのだ。

挨拶の数は、『周りからどれだけ好感を得られているか』『周りからどれだけ慕われているか』の指標と言っても過言ではないのだから。

「一番の近道はアリア様を見習うことだけど、それは絶対無理だもんなぁ……。真似《まね》できないくらい上品で、歌も上手らしいし、偉い立場なのに言葉もしっかり選んでて、誰に対しても平等に接してて、寛大で……」

勝てる要素がなにも見つからない。それがベレトの感じたこと。

「精神年齢なら俺の方が高いはずなんだけどなぁ……。せめて一つくらいは勝てるようなところを作っていかないと……」

足元に注意しながら、無意識に独り言を続ける。

その『勝てるところ』を真剣に考えていた矢先だった。

ベレトは思考が一瞬で止まる出来事に遭遇することになる。

「お料理　おいしかたぁ～」

「ッ⁉」

『ドレミファソラシドレ』のリズミカルな音階と変な歌を耳に入れて——。

「お腹もたぷたぷだぁ～」

「ッッ⁉」

「めんどくさい練　しゅ～」

「……」

「たのしくない練　しゅ～」

「………」

「でもわたくし頑張るん～」

「…………」

オリジナリティが溢《あふ》れた変すぎる歌。

おかしすぎる発声だが、耳を澄ませば澄ますだけ綺麗《きれい》すぎる声色だとわかる。

足音を立てずに声のする方に近づけば、屋根のある縁台に座る小さな人影がポツンと。

未《いま》だ変な歌を歌いながら、ご機嫌そうに上半身を左右に揺らしている。

周りは当然暗いため、その人物が誰であるかは判別できない。

ただ、間違いなく言えるのは幽霊なんかではなく、女性であること。

「共寝をさせてやる～んるん」

（な、なんなんだその歌……）

暗闇に潜む女の子は、完全に一人の世界に入っている。酔っ払っているような印象さえ受ける。

興味は湧くが、歌のバリエーションも気になるが、それ以上に恐ろしく感じる現場。

（う、うん……。ここはなにも見なかったことにして、もう離れよう……。その方が絶対いい……）

今の光景を目の当《ま》たりにしたら、誰だって同じ結論にたどり着くだろう。

当たり前の選択をするベレトは、ゆっくりと体を反対方向に変え、そっと一歩を踏み出し、距離をさらに取るようにもう一歩を踏み出したその瞬間だった。

「ぁ……」

靴先になにかが当たった感触が伝えば、小石がコロコロ転がる音が響き――。

「っ‼」

息を呑《の》んだ音が聞こえた。風を切るような勢いで、あの影がサッとこちらを向いた。

「……」

「……」

暗闇の中、誰かもわからない人物と目が合っている。

いや、睨《にら》まれている可能性もある。

微動だにしない相手との静寂は一体何分続いただろうか。

ますます恐怖に包まれるベレトは、顔を引き攣《つ》らせ、いつでも逃げられる態勢を取りながら慎重に声をかけるのだ。

「えっと……その、個性的なお歌ですね？」

「あ、あのあの、これは誤解ですからっ。こ、これはわたくしが歌ったわけではなくて……！」

「そ、そうでしたかあ。それは大変申し訳ありません」

シア並みに下手な嘘《うそ》が飛んでくる。

本来ならば、『そんなことないでしょ』なんてツッコミを入れるところだが、相手が何者なのかわからないのだ。

話を合わせながら、距離や情報を探っていく。

「あと……あなたも手持ち無沙汰で？」

「え？」

「あっ、すみません。自分がその理由で外の空気を吸いにきた部分がありまして」

（こんな変な人が手持ち無沙汰以外には思えないし……）

失礼は承知。

心の中で留《とど》めて反応を窺《うかが》えば、安心の答えが返ってきた。

「ぁ、その、わたくし………〝わたし〟もそうだよ、うん。手持ち無沙汰だけど、休憩は必要だもんね」

「そ、そうだと思います」

（呼び方が変わった？　口調も変わった？）

なんて疑問は一瞬。

変な人が相手だからこそ、別のことを考える余裕はなく。

『去る』という選択肢をすぐに取れなかったベレトは、別れるタイミングを摑《つか》むこともできず、『暗闇でなにも見えない謎の女の子』と時間を潰すことになるのだった。

また、『暗闇で顔が見えない謎の男の子』という状況はあちらも同じことである。

＊＊＊

『どうしてこうなってしまったんだろう……』

『どうしてこうなっちゃったんだろう……』

ベレトは立ったまま、謎の女の子は縁台に座ったまま、二人が同時に感じていた。

悪い人ではないのだろうが、独特で変な人への対応は一つ。

『とりあえずこうなったからには刺激しないようにしよう……』と。

相手の素性を全く摑めないからこそ、慎重になる。

その一方で、休憩と気晴らし、軽いウォーミングアップを兼ねて、適当に歌っていた彼女はこう思っていた。

『わたくしがこのようなことをする人だとバレるわけにはいかない……』と。

本人が一番自覚しているのだ。

『麗しの歌姫』のイメージを崩すわけにはいかないことを。

あのような姿を知られるわけにはいかないことを。

焦燥の中、必死に頭を働かせたアリアは苦渋の策を取っていた。

サーニャしか知らない素を露《あら》わにして、自分の呼び方も変える。

この二つで気づかれないように立ち回ろうと。

彼女にとって唯一の幸運だったのは、暗闇のおかげで素性を隠せていることだろう。

「あっ、口調は楽にしてもらって大丈夫だよ？　あなたも休憩を兼ねてここにいると思うし」

「えっと……かなり崩れるんですが、それでも構いませんか？」

相手が変な人だからこそ、提案を受けてもなお確認を取るベレトだが、その返事は軽いものだった。

「うんうん。わたしがこうだもん」

「じゃあその……わかった。お言葉に甘えてそうさせてもらうよ。気を遣ってくれてありがとうね」

「わ、本当に結構崩れた」

「あはは……。他の貴族と比べたら、かなりラフな方だって自覚はあるよ」

「そうだろうね～。あとは求められる姿を作るのも大変だよね～。夜会の雰囲気とか好きだけど、堅苦しいのは苦手だもん、わたし」

「同じく」

「お互い大変だ～」

「まあね～」

間延びした声が無意識にベレトにも移ってしまう。

「……」

「……」

この時、二人は思う。

『仲良くないはずなのに、なぜか接しやすい』と。

『仲良くないはずなのに、なぜか楽だ』と。

だが、それは当たり前のことなのだ。

立場というものを排除したのなら、ベレトと彼女の感性はかなり似ているのだから。

貴族社会で生きていなかったからこそ、相手の立場が低くても、なにも気にしない男。

差別や権力抗争には絶対巻き込まれたくない。敵を作りたくもない。

第一にのんびり過ごしたいという願いを持っているからこそ、相手の立場が低かろうがなにも気にしない女。

思考は違えど、二人の着地点は同じところで。

「ふあ～……」

「はは、結構疲れてそうだね」

「今日は凄《すご》く楽しいけど、楽しんだ分だけ取り繕う体力を使っちゃったから」

「俺は気疲れの方かなぁ。粗相をしてないかとか、悪いイメージを持たれないようにとか」

「お家《うち》帰ったらお互いゆっくりしようね～」

「ちなみに、お家に帰ってからのスケジュールは？」

「もちろん明日までずっとぐでーってするの」

「えっ？　明日までずっと？」

「んっ」

どこか誇ったような返事にツッコミを入れたくなるが、まだ様子を見るベレト。

そちらに容量を割いていることで、一つ思うことがあった。

「あ、あのさ？　唐突で申し訳ないんだけど、なにか悩みがあったりしない？」

「ふえ？　どうしてぐでーってすることが、悩みがあることになるの？」

「なんて言うか……その、昔、俺にもそんなことがあって。もちろん人それぞれだから一概にそうとは言えないんだけど、『なにもしたくない』って思う時は、心が疲れてる時によく起こることだから」

これは実体験のこと。

社会人になって間もない頃。

それはもう社会の荒波にもまれたのだ。

新しい環境、厳しい職場。理不尽な説教。強制参加の飲み会。数多くの残業。

休日に恵まれても、なにもする気が起きず──なんてことが。

「心が疲れてるって言葉、わたし初めて聞いたかも……。あ、でも体を休めても疲れが取れない時はあるかなあ」

「あ、それなら不安の方が強かったり？」

「っ！　凄いね……。そのように当てられるの。今ビックリしちゃった」

「か、勘みたいものだけどね」

職場で後輩を持った頃、たくさんの相談に乗ったものである。もちろん、その時の経験が生きていることは言えない。

「不安っていうのはやっぱり貴族特有の？」

「だね〜。これは誰しも同じだと思うけど、お母様やお父様の望み通りにしないとお家に貢献できないから失敗は許されないし、みんながみんなわたしのことを誤解しているから、いざ婚約した時にも取り繕わないとだし」

「そっか……」

この世界は権力を持つ親の発言権がなにより強いもの。

さらには皆で持てる力を合わせ、権力を高めていかなければならない、という常識がある。

貴族にとって没落とは『死』を意味するようなものでもあるのだから。

「今の言い分からするに、あなたは偉い立場なんだ？」

「実はそうでもなかったり。あなたは？」

「俺もそうでもなかったり」

「へえ〜」

互いの探り合いはこれだけ。

余裕のある言葉から、『嘘をついている』と感じていても追及することはない。

今こうして楽に話せているのは、お互いの立場も素性もわからないから。

明確になってしまえば、この関係が一瞬にして崩れてしまうのだから。

「でもその気持ちには共感できるよ。周りから誤解されるのって辛《つら》いよね」

「『失敗は許されない』が一番じゃないんだ?」

「もちろんそれも辛いことだと思うけど、失敗は反省できるし、挽回《ばんかい》もできるし、励ましてくれる人もいるでしょ? だけど周りから誤解されるっていうのは、終わりが見えない感じがして」

「ふふっ、実はわたしも同じ意見なんだよね。わたしの場合、ありのままの姿がバレるわけにはいかないから。絶対」

「個性的な歌を作ってるくらいだもんね」

「そ、それは言わないでよもう……」

「あはは」

ベレトは軽口を挟んでいるが、そんなに簡単な問題ではない。

『非の打ちどころがない』と思われている彼女なだけに、素の姿はギャップを生んでしまう。

完璧からの乖離《かいり》は、公爵家の教育が悪いとなり、家名を傷つけることに繋《つな》がってしまうのだから。

「その問題、上手に解決できるといいね。あなたのことを理解してくれる人を見つけられたら、将来はきっと楽になるだろうし」

「ぷっ、ふふふっ。確かにそうだけど、それはもう諦めてることだよ～？　わたし、本当にだらしないから、ありのままを好きになってくれる人なんて……ね」

「そ、そんなに？」

「そんなにだよ～。詳しく言うと、お休みの日はベッドの上で横になってて、お毛布にずっと包《くる》まってて～」

「……え？」

――なぜか聞いたことがある内容。

「あっ、この前は『イモムシ』って言われちゃったんだよ？」

「ッ―！？　へ、へえ……」

この言葉を聞いた瞬間、ベレトの頭に衝撃が走る。鳥肌が沸き立つ。

会場で挨拶をしに来てくれたサーニャから、またしても聞いたことがある内容で……。

「で、でも……やるべきことをちゃんとしているのなら、自分は文句を言われなくても……とは思いますよ？」

「引いちゃって言葉が丁寧になってるくせに～？」

「ち、ちょっとした冗談だよ！　冗談！」

なんて言うものの、この人物の正体が浮かび上がってくる。

先ほどこの人物が歌っていたことも関連していることで。

それでもすぐに口調を戻したのは、身バレしている可能性があることを悟られたくなかったから。

「ただ、さっきの言葉は本心だよ。『やるべきことをちゃんとしているのなら』って」

「そう言ってもらえると嬉《うれ》しいけど、いつかできなくなりそうだからな～。わたしのやるべきことが」

「えっ⁉　それはどうして？」

「ん～。大雑把な説明になるけど、酷使することが増えてきた……みたいな感じかな。消耗品を使っているから、忙しい予定になると負担がかかって……ね」

「それはスケジュールを見直してもらった方がいいよ。絶対」

「でも、その意見を通せる方が珍しいよね？」

「……」

落ち着きのある反論に、異議を唱えることはできなかった。

「そういうこと。わたしのところは意見ができないんだよね～。権力第一っていうか。だからこそ、早く婚約してお家から出たいって気持ちはあって……。わたしの長所が長所じゃなくなるのは本当に嫌だもん」

「……ぐでーってしたくなるのも当然だよ、それは」

「ありがとう。あなたみたいな人がいること……もっと早く、別の場で知りたかったな」

「え？」

ボソリ、と。

まるで心の声が漏れ出したような、気持ちのこもった声が耳に入った。

「……さてっ！　わたしはそろそろ戻るね。目も慣れてくる頃だし、長居すると怒られちゃうから」

「あ、ああ。うん、わかった」

時間を計算していたように、暗闇の彼女は縁台から立ち上がった。

「今日は本当にありがとね～。なんだか凄く気が楽になったよ」

「こちらこそ。また機会があれば」

「お互い相手がわからないんだけどね～？　わからないからなあ～。チラチラ」

顔が見えないことを気にかけ、視線を向けてることを声で伝えてくれる。

「ははっ、それもまた情緒的かな？」

「……そぉか。あなた鈍感って言われるでしょ？」

「ッ、なんか話が飛んだような……」

「ふふっ、そうだと思った」

これが最後の言葉だった。

暗闇に溶け込む彼女は、小さな歩幅で会場に戻っていった。

「………………」

その姿を見るベレトは、驚きもしなかった。

縁台から立ち上がった時、シアと同じくらいの低身長だったこと。

シルエットには大きな膨らみがあったこと。

『麗しの歌姫』アリアに一致するものでも。

＊＊＊

ベレトがこの会場から居なくなったことに気づき、何十分が過ぎただろうか。

（あ……）

会場に戻ってきた彼を目にしたルーナは、トコトコと早足で近づいて声をかけるのだ。

——誰よりも早く関われるように。他の人物に取られてしまわないように。

「どこへ行っていたのですか」

「お、ルーナ。ちょっと外の空気を吸いにね。恥ずかしい話だけど、手持ち無沙汰になっちゃって」

「一人にしては少し遅いような気がしましたが」

「そ、それでも一人だよ。挨拶の時間に誰かを外に誘うのはマナー違反だから」

「ですが、連絡は欲しかったです。女々しいことを言ってしまいますが……」

夜会に参加したことのないルーナだが、常識的なことは理解している。

挨拶中だったからと気を利《き》かせてくれたことも理解している。

しかし、一声かけて欲しかったのだ。声をかけられるだけで、彼と会話することができるのだから。

「ご、ごめんね。次からは気をつけるよ」

「謝らないでください。無理を言っているのはわたしですから」

「いやいや、そんなことないよ」

身分が違うのに、普段通り優しくフォローをしてくれる。

その優しさに身を任せてしまっている。

（こんなにも面倒くさい性格になってしまうなんて、思ってもいなかったです……）

客観的に自分を見ることができているルーナだが、あのように言わなければスッキリしなかったのだ。

思いを伝えることで、ワガママを聞いて欲しかったのだ。

「ねえ、ルーナ。ちょっと正直に教えて欲しいことがあるんだけど」

「はい」

「もしかして、挨拶中に変な絡《から》まれ方をされたりした？」

「……」

自分のことを心配してくれることはなによりも嬉しい。

その一方で『どうしてそのような思考になったのだろう』と率直な意見が湧く。ズルい考えも湧いてしまう。

「変な絡まれ方について、否定はしません」

「ッ！」

（もっとわたしのことを気にかけてください……）

たった一つ願望を叶《かな》えるために、ありもしない嘘《うそ》をついてしまう。

過去、こんなことをしたことはなかった。考えたこともなかった。彼によって変えさせられてしまったことを改めて実感してしまう。

「そ、それは本当ごめん！　可能性として考えられてたのに、間に入れなくて……」

「仮にそうだったとしても、あなたに非はなにもありませんよ」

彼を騙《だま》してしまった罪悪感を少しでも払拭《ふっしょく》するためにも、大きなフォローを。

「ですが、少しでも思うことがあるのなら、わたしに構ってください。ご挨拶も落ち着いてきたところなので」

「たったそれだけでいいの？」

「もちろんです」

また彼の優しさに甘えてしまう。

このような頭の使い方は正しくない。それがわかっていても、仕方がないのだ。

「ありがとうね、本当に。むしろ俺の方がお願いしたいくらいだったから」

「お礼を言うのはわたしの方ですよ」

「気を遣ってくれたことはわかってるよ。『手持ち無沙汰に』って俺が言っちゃったから」

「本当は違いますが、そのように考えていただいても構いません」

「じゃあそうさせてもらおうかな」

「わかりました」

ただの自己中心的な考えだったが、結果的に嬉しい誤解をしてくれる。

本来、こんなことにはなり得ないこと。

男爵家三女というルーナの身分は、他貴族から見れば低いのだから。

周りの貴族からすれば、気遣われるのが当たり前と思われるような立場ではないのだから。

しかし、彼の場合は違う。

偉い身分であるにも拘《かかわ》らず、『気遣いをされる』ことが当たり前だとは思っていないのだ。本気で思っていないのだ。

それは本当に凄《すご》いことで、挑戦的だとルーナは思う。

歌姫のように自ら名声を摑《つか》んでいる場合は例外だが、そのような立ち居振る舞いは舐《な》められる原因にもなる。下に見られやすくもある。

本人もそれは理解しているはずなのに、その通りにしていないというのは、『自分で自分のレールを敷いて、それが正しい道だと歩んでいる』証拠。

本当に尊敬に値する人物だ。

「……あの、いきなりで申し訳ないのですが、わたしは……あなたと知り合えて本当によかったと思っています」

「あはは……。本当にいきなりだね。なにか思うところでもあったの？」

「はい」

「そっか。俺もルーナと知り合えてよかったよ」

「……」

横目で彼を見れば、どこか恥ずかしそうにしながら微笑《ほほえ》んでくる。そのせいで言葉が出てこなくなる。

「ね、ねえルーナ。せめてなにか返してくれないと……」

「あなたの場合は、気持ちを込めすぎです」

「そんなこと言われても……」

「せめて二人きりの時にしてください。周りに人がいない時に。その時であれば、しっかり反応をしますから」

（恥ずかしい顔を他の方に見せるわけにはいきません……）

気を許した相手にだけしか。それがルーナの思うところ。

「二人きりの方が恥ずかしくない……？」

「二人きりならば構いませんから。恥ずかしいことが起きたとしても」

「すみません。少し言い過ぎました」

気持ちが先走ってしまった結果、彼を戸惑わせてしまった。

もう少し抑えなければ……。と、心の底から反省をした瞬間だった。

「イチャイチャして楽しそうねー、あなた達は」

「ま、まあ……」

「っ」

「ッ！　ビックリさせないでよエレナ……」

ちょうど歓談が終わったのか、眉をピクピク動かしながら彼女が声をかけてきた。

「しっぽりするような雰囲気を出しちゃって。近くに来たことにも気づかないあなた達が悪いでしょ？　せめてもう少し待ちなさいよね」

「エレナ嬢。わたしは被害者です。加害者は隣に」

思ったことを伝えるのは大事なこと。

小さく挙手するルーナは、視線で訴える。

『なんで⁉』と顔に浮かばせている彼だが、その表情に惑わされることもなく、しっかりと伝わった。

「……はあ。コイツのせいなのね。そうだとは思ったけど」

「いや、ちょっとそんな一方的な……。俺の話を聞いてくれても……」

「ルーナが嘘をつくよりも、あなたが嘘をつく可能性の方が高いでしょう？　周りの評判から見ても」

「そ、それはそうだけど、そうじゃないっていうか……。とにかく俺、なにも悪いことしてないよ……」

「ふーん。なら少しだけ信じてあげるわ。ほんの少しだけ」

「それもう信じてないようなもんじゃ？」

「日頃の行いでしょ。贅沢《ぜいたく》言わないの」

上手な返しをする彼女は、アイコンタクトをするようにこちらを見てくる。

『アイツが変な空気作ってきたんでしょ？　どうせ』

そんな促しに、大きく頷《うなず》いて答えるのだ。そして、もう一つ。

「……エレナ嬢」

「ん？　なに？」

「彼にも同じことを言いましたが、わたしはエレナ嬢と知り合えて本当によかったと思っています」

「なっ、なによいきなり……」

「照れた照れた——ンガッ」

止《よ》せばいいものを、からかってしまったことで彼の脇腹にノーモーションの肘打ちが炸《さく》裂《れつ》する。

周りに気づかれないように、一瞬だけ密着して死角も作って。

それだけでなく、くの字になった彼に対して『どうしたのかしら?』と上手な演技を見せている。

「ふふ……」

もしここに彼の専属侍女がいたら、一体どんな反応をしていただろうか。

そんな想像を働かせるルーナはふと思った。

普段図書室で読書をする時よりも居心地がよいものだと。

それでも、高望みをしてしまうのだ。

(現状維持ではもう満足できないです……。わたしは)

この晩餐《ばんさん》会に参加することを決めた時点で、覚悟を固めているのだから。

第五章　晩餐会その四　麗しの歌姫

アリアの歌の披露まで十分少々と迫った頃。

「なんか、やっぱり改めてだなぁ……」

「なによ。独り言？」

「ま、まあそんなところ」

「ふーん」

エレナは一瞥《いちべつ》していつもの返事を。

ルーナは無表情のまま目線だけを。

用事も済んでここに集まってくれたシアは、ハテナを浮かべてこちらを。

三つの視線を向けられるベレトは、改めてこう思っていたのだ。

（本当、場違いだよな……俺）と。

周りへの挨拶、食事を兼ねた二時間もそろそろ終わりを迎える。

この時間になった参加者は皆、一番に気心の知れた相手と歓談する。

無論、それは目の前の彼女らにも言えることで……今思えば初めてだった。

黒と白のエプロンドレスを着こなしている侍女のシア。

腕から肩、胸元が透けたワインレッドのスリーブドレスに身を包むエレナ。

肩を大きく見せた純白のドレスに、ビシューベルトを巻いたルーナ。

気心の知れた三人の淑女が——この夜会で多くの注目を浴びていた彼女らが目の前に集まるのは。

（やっぱりおめかしした三人が目の前にいるっていうのは、なおのことパワーを感じるよなぁ……）

それぞれからオーラが出ているというのか、こちらが場違いと感じてしまうのは、こんな要素もあるのかもしれない。

やはりこの三人に太刀打ちできるのは、『麗しの歌姫』と呼ばれているアリアくらいだろう。

（はあ……。視線が痛い……）

特に、男同士で集まっている貴族からの。

学園に通う度に負の感情がこもった視線を向けられ続けているから、人よりも敏感に汲《く》み取れてしまう。

（身の丈に合ってないのはわかってるよ……）

どうしようもない気持ちをため息で吐き出そうとした矢先だった。

「まあ、これくらいのことは我慢してちょうだいね。ベレト」

「……え？　あっ、もしかしてエレナもわかってる感じ？」

「痛い視線ね。可哀想《かわいそう》に」

言葉と表情がなに一つ合っていない。

ニヤリとからかうようなエレナの姿を見て、変な想像を働かせてしまう。

「あのさ、エレナ。もしかしてだけど、こうなるように仕向けたりしてないよね……？」

「失礼ねえ。そんなことしてないわよ。一つ心当たりがあるとすれば、『アリア様のお歌を一緒に拝聴しませんか？』って誘いをお断りしたくらいかしら」

「ん？　それもしかして……」

「『すでに別の方とお約束をしているから』と言ったわね。勝手に約束させてもらったの。あなたと」

「これまた勝手だなあ」

歌のお披露目までもうすぐというところまで迫っているのだ。

今接している相手と、との予想は簡単につくだろう。

「念のために言っておくけど、あたしを責めるのなら、急に顔を背けた二人も責めてちょうだいよ？　恐らくだけど、あたしよりも露骨にやっているでしょうから。ベレトの名前を出して、どうのこうの～って」

「っ‼」

「っ」

エレナが左右にいたルーナとシアの裾を握った瞬間、肩を上下させる二人がいる。

「――わ、私はベレト様の侍女《もの》ですから、当然のことだと思っております！」

「――わたしは仕方がありませんでした。お断りするにも筋の通った理由でなければ、反感を買ってしまいますから。また、『頼ってよい』とのお言葉をあなたからいただいてます」

「別に怒ったりはしないけどさ」

よく噛《か》まないなぁ、と思ってしまうほどの早口を披露している二人。

簡単に断るための便利道具として利用されている気がするが、それで助かっているのならば、悪くはない気持ちである。

ただ、『脅されていると誤解されていないか』と、相手が誤解していないかの心配はある。

「一応確認しておくのだけど、ベレトは誰からも誘われていないわよね？　挨拶された数からするに」

「はいそうですが」

もう少しオブラートに包んで欲しかったとエレナに目で訴えるが、そっぽを向かれる。

ルーナとシアは、ほっとしたような顔になっている気がした。

「なら、最終的にはなんの問題もないってことだから、この後はあたし達に付き合ってちょうだい。シアとルーナの辻褄《つじつま》を合わせるためにも」

「わかってるよ。そもそも付き合って欲しいのは俺の方だし」

「そ、その言い方は変えなさいよ……。紛らわしいから」

「ええ？　これ以外に言い方なくない？」

「じゃあルーナが判断してちょうだい」

「ではベレト・セントフォードに非があります」

「インチキだってそれは……」

エレナとルーナが仲がいいことは知っているのだ。これではフェアな判断が下されたとは言えないだろう。

『酷《ひど》いよねー？』と楽しそうに傍観しているシアに促せば、中立を取るようにニッコリ笑顔を返されるベレトだった。

こんなやり取りはもうしばらく続き、歌の予定時間まで残り五分を切った時である。

会場の扉が開き、ルクレール家の使用人の言葉によって会場の移動が伝達される。

先に移動に誘われたのは大人の貴族達である。

「へえ……。この会場とはまた別なんだ？　歌を聴く場所は」

「ええ、そうよ。ご披露される間にお食事の片付けを行って、拝聴し終えたら再びここに戻ってくる流れよ。お部屋の大きさによって声の反響も変わってくるから」

「アリア様のことも考えてるってことね」

これも広い屋敷《やしき》を持っているからこそできる業だが、しっかりと配慮が行き届いている。

「……あっ、そうそう。そのアリア様について、今のうちに少しだけ聞きたいことがあるんだけど。みんなに」

ベレトは三人を見た後、声のボリュームを落として話を続けるのだ。

「その……アリア様って、家族間の中で立場が弱かったりするの？　例えばその、あんまり自由が利《き》かないとか、意見できないとか」

「そのような噂《うわさ》、あたしは聞いたことないけれど……」

「エレナ嬢と同じくわたしもです」

「ベレト様はどうしてそのように思われたのですか？」

「え？　まあ、ちょっとそんな風に感じたっていうか……。多分、気のせいなんだろうけどね？」

外の空気を吸いに行った際、アリアだと思える相手から聞いた言葉だとは教えられない。お互い誰だかわからない。そんな状態だったからこそ、口にした内容とも言えるのだから。

「念のためにですが、聞いたことがないというだけで、あなたの言うことが正しい可能性もあります。アリア様は公爵家の出自ですし、一夫多妻のご家庭ですから」

「えっと……つまり？」

「一夫多妻制下の夫人は基本的にライバルとなります。説明するまでもないかと思いますが、相続や立場の面で優位に立てるかどうかは、出産した子どもの数や、子どもの能力、家名にどれだけの益をもたらしたか、などによって決まるので」

そこまで発言したルーナは、声を弱めた。

「要するに、夫人がその手の狙いで子を利用することは珍しくないということです。公爵という家格はそれほどのものです。夫人同士で競争することによって、権力をさらに高めるというサイクルも存在しますから」

「そっか……」

転生してきたベレトにとってはなにも共感できないことだが、ルーナの説明は非常にわかりやすいもの。

(じゃあ、アリア様は喉に炎症を起こしてるってこと……なのかな)

外の空気を吸いに行った時、暗闇の中で話したあの内容。

『消耗品を使っているから、忙しい予定になると負担がかかって……ね』

その言葉に信憑《しんぴょう》性が増した瞬間だった。

時刻は二十時過ぎ。

(いや、マジか……)

会場を移動したベレトは——心の声を漏らしていた。目の前の光景に呆気《あっけ》に取られていた。

丁寧なアリアの挨拶から始まったステージは今、誰もが聞き惚《ほ》れている状況に様変わりしていた。

ハープのような弦楽器から奏《かな》でられる音に合わせながら、気持ちを乗せて上品に歌い上げているアリアがいる。

堂々と自信に満ち溢《あふ》れた態度。透明感すら感じる玲瓏《れいろう》たる声。つややかで繊細な節回し。

目を閉じたり、胸に手を当てたり、ドレスを靡《なび》かせたり。仕草をも使って魅せる表現力に参加者全員の目が奪われていた。

（元の世界の方が発声法とか歌唱技術とか確立されているはずなのに、正直、遜色が……。むしろこっちの方が凄い気がする……）

技術が発展した世界から来た自分がこう思うほど。

アリアの『才』と『努力』が成し遂げているのは間違いなく、『麗しの歌姫』と呼ばれる所以《ゆえん》は疑いようもなかった。

（しかも演奏者はサーニャさんだし……）

クールな表情を崩さず、時折、アリアと目を合わせながら細い指で弦を弾《はじ》いている。

少々控えめに弦を弾いているのは、アリアの歌声を霞《かす》めないため。最大限生かすためだろう。

阿吽《あうん》の呼吸と言うのか、そのようなものが感じられると共に、公爵家の関係者――このような役割を持っていた人物なのだと実感が湧く。

（こんなに完成度が高いなら、いろんな貴族から引っ張りだこになるのも無理ないよなぁ……）

クオリティが保証されたアリアを夜会に誘うことができたのなら、参加者からの満足度を格段に上げることができる。

それはつまり、家に箔《はく》をつけられるようなものだろう。

加えて公爵家からすれば恩を売ることも、関係を強めることもできる。

アリア達が公爵家にどれだけの貢献をもたらしているのかというのは、簡単に想像がつくこと。

（理屈はわかってるけど、俺の価値観がおかしいんだろうけど、なんだかな……）

アリアが好きで行っているなら、なにもこう思うこともない。

だが、聞いてしまっているのだ。

『いつかできなくなりそうだからな～。わたしのやるべきことが』

『わたしのところは意見ができないんだよね～。権力第一っていうか』

軽すぎる口調の彼女だったが、自分のことは自分が一番わかっているだろう。

今の生活を続けたのなら、今後どうなってしまうのかも。

（アリア様の家庭事情は知らないし、ルーナが教えてくれたことが当てはまっているのかはわからないけど、もし事実でいつかこの歌を聴けなくなるのなら……目先の利益に囚《とら》われないで欲しいよ……）

心の底からの思いが溢れるが、相手の方が立場は上。それも家庭的な問題。これはばかりは意見のしようもない。

「ねえベレト。アリア様のお歌……あなたには合わない？」

「え？　どうして？」

頭を悩ませていた矢先だった。隣から小さな声がかかる。

そちらを向けば、眉尻を下げたエレナがいた。

「だ、だって周りと違ってあなただけ険しい顔をしているから」

「あっ」

言われて気づく。眉間にシワが寄っていたことを。

「はは……。合わないわけじゃないよ。聞き惚れるとついこんな感じになって」

「ならいいけど……」

「ごめんね、誤解させちゃって」

主催者側のエレナなのだ。

楽しめていないと判断したのなら、不安になるのも当たり前だ。

変な勘違いをさせてしまったことを反省するベレトは、気持ちを切り替えるように頬を緩ませる。

「今日は招待してくれて本当にありがとうね」

「べ、別にあなたのためを思って招待したわけじゃないわよ……。勘違いしないでちょうだい」

「はいはい」

普段通りになったエレナを軽く受け流せば、アリアの一曲が終わる。

一人、また一人と拍手が増えてベレトもまた大きな拍手を送る。

その瞬間だった。

「……ッ」

偶然だろうか。アリアの首が動き——目が合ったのだ。

「え？　どうしたのよ。いきなりビクッとしちゃって」

こちらを見ていたエレナは、なにも気づいていない様子。

「ちょっとアリア様のお邪魔をしちゃったみたい……。声が大きかったかな……」

「険しい表情を向けていたからじゃないの？　声はしっかり抑えられていたから」

「そ、それはそれで申し訳ないな……」

納得してしまうのは、周りから恐れられている事実があるから。

「はあ。とりあえず集中しなさい。あたしに笑顔を向ける暇があるのなら。あなたのその表情はその……アレなのよ。歌われてる最中にアリア様の集中が途切れてしまったらどう責任を取るのよ」

「ええ……。さっきのは作り笑いでもなかったのに……」

ジト目にジト目を返すベレト。

「そんなに変だった？」

「……」

「む、無言は肯定ですか……」

ボソリと言葉を続けたそのタイミングでアリアの二曲目が開始されるが、エレナの言うことはなにかと正しいこと。

ひとまずアリアの歌を聴くという貴重な時間に身を委ねることにする。

それから三十分が過ぎた頃だろうか。

最後の一曲となったところで、ベレトの耳元に口を近づけるエレナがいた。

「ねえ、約束の件……二十一時からお時間いいかしら……」

その一言を伝えるために。

＊＊＊

『麗しの歌姫』アリアの歌唱も終わり、使用人によって片付けが終えられた会場に再び戻る参加者は——心満たされたような表情を浮かべていた。

　また、素晴らしい歌を聴き終えての感想を漏らしているこの会場は、余韻に浸るような雰囲気に包まれてもいた。

「本当に凄いわよね。アリア様はどうしてあのように綺麗《きれい》なお歌が歌えるのかしら……。たくさんの努力はしているでしょうけど、羨ましくなるわ」

「はい！　私ももっとお聴きしたいと思ってしまいましたっ‼」

「わたしも同じ感想です。改めてご招待ありがとうございます、エレナ嬢。貴重なお時間を過ごすことができました」

「お礼は不要よ。楽しんでくれただけであたし達は嬉《うれ》しいのだから」

　今日という日を通して、この三人もより仲を深めている。

　そんな彼女らが話す中、タイミングを見計らってこう質問を投げるベレトである。

「ね、一つ教えて欲しいことがあるんだけど、アリア様の侍女……？　のサーニャさんって今どこにいるかわかる？」

「え？　このお時間ならアリア様とご一緒に、お父様が手配したお部屋にいらっしゃると思うけど」

「ああ、そっか……」

先ほど完成度が高すぎる歌を聴かせてもらったのだ。

疲れを癒《いや》すためにも休憩を取っているのは当たり前だった。

「ベルト様はなにか御用がおありですか？」

「ま、まあ……用って言うほどのことじゃないんだけど、ちょっといろいろね」

「いろいろ、ですか」

「そ、そんな感じ」

「そんな感じ、ねえ？」

エレナ、シア、ルーナの順に言葉を交わせば、ドミノが倒れていくようなテンポで表情が変わっていく。

大きな怪訝《けげん》。純粋な疑問。懐疑の念。

それぞれからこのような視線が伝わってくる。

実際、このような反応をされるのは仕方がない。

どのような目的で聞いたのか、理由を明確に答えていないのだから。

「主催側として一応確認をさせてほしいのだけど、なにか悪いことを企《たくら》んでいるわけではないのよね？」

「さすがにそんなこと企んでないって！　少しだけお話をしたいなって思ってるだけ」

「それならいいけど」

と、片眉を上げながらエレナは言葉を続ける。

「まあ、あと十分少々でアリア様とご一緒にお見えになるはずだから、ゆっくり待ちなさい？　アリア様でなければ、お話しするタイミングがきっとくるから」

「教えてくれてありがと。それじゃあ俺はちょっと出入り口付近に控えとくね。その方が話しかけやすいと思うから」

「あたし達がいながらそんなに会話をしたいのねえ」

「ちょっとだけだよ。ちょっとだけ」

苦笑いを浮かべながらのベレトは、『じゃ』と手を上げてこの場から離れていく。

「……本当になにを考えているのかしらね、アイツは。よほどなにかを話したそうに見えたけど」

「わたしにも予想がつきません。アリア様とお話をされたいわけではないことが不思議ですから」

エレナは不満げな顔を、ルーナは訝《いぶか》しげな顔を、出入り口付近にポツンと立つベレトに向けるのだ。

「アイツの一番の好みがサーニャ様だったりして。それで少しでも関係を持とうとしてるとか」

「気にかけている様子でしたから、その可能性はあるかと」

お人形のように綺麗な顔を合わせながら、二人が意見合わせをしていると――。

「あ、あの……お言葉ですが、ベレト様にそのような思惑はないのかなと……」

両手を合わせながら間に入るシアである。

「えっ？」

「どうしてそう思うのですか」

「この場を離れる際のベレト様の横顔が、とても真剣なものに変わったからです」

『まるで気持ちを切り替えたような』と、付け加えもする。

「それにはあたしも気づいていたけれど、声をかける緊張が襲ってきた可能性もあるでしょう……？」

「なにかお誘いするお言葉を伝えようとしているのかもしれません」

「お二人のご意見はもっともなのですが、なにかを気遣う内容のお話をしたいのだと思います。……あのお顔は私を気遣ってくれる時のような、そんなご表情でしたから」

シアの言葉は感覚的なものだが、最前線でベレトに仕えている優秀な侍女の言葉である。

決して薄っぺらいものではないからこそ、反論の言葉が出ることはなかったのだ。

「も、もう一つ言わせていただくのなら、ベレト様は奥手な方ですから、お二人がご心配されるようなことはないのかなと……」

「っ！」

この発言に、ピンときたようなエレナとルーナ。

「ま、まあそれもそうね」

「はい」

「……」

「……」

そして、一つの間が空く。

二人は顔を見合わせると、恥ずかしそうにシアを見るのだ。

いろいろなことを察していると理解して。

「ルーナ、シアへのお仕置きはいつ頃にする？　ベレトにさえバレなければ怒られないわよ」

「からかわれてしまいましたからね。そのお話、乗りますよ」

「わ、わわわ……」

ゴゴゴゴとしたオーラに挟まれるシアは、あわあわと身を震わせる。

「あ、あの……私、まだご挨拶が残っていたので失礼しますっ！」

そして、速攻撤退の道を選んだ侍女である。

「ふふっ、相変わらず可愛《かわい》いんだから」

「本気で捉えていてはいませんよね、シアさん。お仕置きをされてしまうと」

「大丈夫よ。冗談のニュアンスはわかっているはずだから。場を離れたのには別の狙いがあったのでしょうね」

「……主人が離れたことで、一時的にというわけですか」

「ええ。周りからどのように見られるのかを慮《おもんぱか》ってのことだと思うわ」

ベレトは一人で待機を。専属侍女は気にせず歓談を。

そんな浮かない状況を作らないために。

「さすがですね」

「ふふっ、それがあの子なのよ」

ルーナは目を細め、エレナは微笑《ほほえ》む。

それぞれ良《い》い関係を築いているのは明白とも言えるやり取りだった。

「さて……。用心棒がいなくなったから、これから少しの間忙しくなっちゃうわね」

「忙しくなるのですか？」

「これからはご帰宅されるなり自由な時間だから、夜のお誘いが増えるのよ。一度お断りした相手でも懲りずにね」

「それは大変ですね」

「他人事《ひとごと》のように言っているけど、一番の標的はあなたになるはずよ？　言葉巧みに誘ってくるから注意してちょうだいね」

「心配をありがとうございます。ですが平気ですよ。彼と大事な約束をしていると伝えることにしますから」

「確かにアイツの名前を出せばしつこく迫ってくることもなさそうね」

「はい。エレナ嬢も使ってみては」

「ふふっ、じゃああたしもそうしようかしら。せっかくの機会だものね」

「それがよいと思います」

嘘《うそ》は言っていない正当な断り文句。そして、周りにアピールすることもできる。

お互いにしてやったりの表情を浮かべる二人はその後。

アリアがこの会場に訪れてもなお、男性貴族が代わる代わる彼女らの前に現れるのだった。

その頃。

会場を出た広い廊下の端では、もう一つのやり取りが行われていた。

「それにしても驚きましたよ。『アリア様がどのような喉のケアをされているのか』という唐突なご質問でしたので」

「はは。本当にすみません。説得力がないのは申し訳ないんですが、変な狙いがあったわけではなく……」

「もちろん理解しております。私が考えるに、なにかキッカケがあったからこそのものだと思うのですが、間違いありませんよね」

『その場合、二人でお話しした方が好ましいですから』と付け加えたサーニャ。

（本当、少しの言葉でここまで察しているのは凄《すご》いよな……。アリア様からはなにも聞いてないはずなのに……）

優秀なシアも行う立ち回りである。

「ま、まあその……キッカケがあったわけではないと言いますか……」

「なるほど。では、そのようにしておきましょう。なにやら隠したい事情があるようですから」

「あ、ありがとうございます」

最大限の演技をしたのにも拘《かかわ》らず、本心を見透かした発言をされるが、不思議なことではないだろう。

なにかしらの理由がなければ、こんな質問がされるわけがないのだから。

「では本題に戻りましょうか。アリアお嬢様がどのような喉のケアをされているのか、ですよね」

「はい」

「ごく一般的な方法ですよ。お歌いになる前にはウォーミングアップを行うこと。喉を潤すために水分を多く取ること。咳《せき》はしないこと。うがいをすること。あとは睡眠を十分に取ることもそうですね」

「それ以外には……ありますか？」

「いえ」

その返事を聞いた時、ベレトは思っていた。

『やっぱりそうなんだ』と。

この世界では一般的なケア。しかし、ベレトがいた科学も技術も医療も発展した世界の人間からするに、それは十分とは言えないケアなのだ。

音楽について詳しくない人間だが、そんな人間でもそう言えることがある。

「あの……」

「『それでも不十分なケアだ』とおっしゃりたいのですよね。そのお顔でわかります」

「……」

「心配していただいていること、感謝申し上げます。ですから、そのお礼として一つだけ忠告をさせてください」

そんな前置きをしたサーニャは、凛《りん》とした態度のまま鋭い視線を向けてきた。

「これからあなた様が踏み込もうとしているところは、我々の領分に関わることです。あなた様はセントフォードの名を、侯爵の格を懸ける覚悟はおありですか」

「覚悟……ですか？」

「はい。今現在、アリア様がなさっていることは、正しいケアの方法です。もし、あなたの助言を取り入れたことで悪化するようなことになれば、公爵を含めた多くの貴族から迫害の圧をかけられることでしょう。無論、アリア様に間違ったケアをさせた私は、命を以《もっ》て償わなければなりませんが」

「ッ!?」

こう驚いたのは、迫害をされることではない。

サーニャまでも責任を取らないといけないということ。

かけがえのない命で……。

「あ、あの……サーニャさんの命は、自分の命でどうにかなったりできないですかね……？」

「ふふ、そこまでのお覚悟と自信を持たれているわけですね」

「は、はい」

そうでなければ、こうして口を挟んだりはしない。

リスクを負うような真似《まね》はしない。

「……であれば、あなた様からケアの内容を聞き、吟味させてもらった上で実行させていただく、という形でもよろしいでしょうか」

「わかりました。それでお願いします」

できるだけリスクを負わせないように、そんな思慮をサーニャから感じる。

「念のために申し上げますが、もしもの際には互いにこの世を絶ちましょうか。その責任の取り方であれば、セントフォード家も最悪なことにはならないでしょう。また、二人であれば多少は気も楽でしょうから」

「は、はは……。そ、そうですね」

どんな覚悟も決まっているのだろう……。

堂々とした態度で微笑を浮かべるサーニャに、声の震えを必死に抑えて引《ひ》き攣《つ》った笑みを見せるベレト。

もう引くに引けないと確信すれば、『間違っているはずがない』と自身を奮い立たせるのだ。

「では、その内容をお教え願えますか」

「はい」

怖がるのはここまでだ。

表情を真剣なものに切り替えたベレトは、一拍置いてケアの方法を口にするのだ。

濡《ぬ》れたタオルを枕元に置いて、空気を湿らせた方がよいこと。

寝る前には首元を温めるようにした方がよいこと。

紅茶にハチミツを混ぜたものを飲ませた方がよいこと。

指を立てながらこの三つを丁寧に。

そうして言い終えた矢先——真っ先に聞かれてしまう。

「あの、濡れたタオルを枕元に置いて、本当に空気を湿らせることができるのでしょうか。喉を潤すために水分を多く取るようなケアはしているので、その発想は効果的であるような気はしています」

「お部屋が広い場合は多めに用意をしなければですけど、それで湿らせることはできます」

「把握しました。では、なぜ首元を温めることで喉のケアができるのでしょうか」

「……」

「加えてなぜハチミツが効果的なのでしょうか。紅茶にハチミツを混ぜるということは一度も聞かないのですが、実際、お味としてもいただけるものなのでしょうか？　正直、ミルクを混ぜる以上に邪道なものでは」

「…………」

これは前世の知識。

その情報がないのなら、簡単に受け入れられるはずがなかった。

（ど、どうしよう……。それは考えてなかったよ……。理屈とか全くわからないよ……）

そうすることが効果的だとわかっていても、『なぜ効果的なのか？』について答えられない人はたくさんいるだろう。

ベレトもその一人である。

眉間にシワを寄せ、難しい顔を続けながら頭を回転させること数十秒。

先に声を出したのはサーニャだった。

「申し訳ありません。先ほどから品位のないご質問ばかり。これを答えてしまえば、あなたの手柄を全て我々が横取りする結果になってしまいますね」

「!?」

なぜか意味のわからないことを言われる。

「お若いだけではなく、身分の高いあなた様がお命を懸けるほどの自信です。なにかしらのことを行い、確証を得た結果なのでしょう。また口にした情報はまだこの世の情報として流れていないもの。つまり、大きな価値のある情報であるのは間違いありません」

「ど、どうも……」

命を懸けたことで大きな信用に繋《つな》がったのだろう。深読みしてくれたおかげで納得された。

もしあの時、命を懸けていなかったら……。なんて思うと、別の意味で冷や汗が出てくる。

「えっと……自分はこの情報を広めるつもりはないので、効果が出たのなら、その情報はお譲りしますよ」

（こんな情報を持っていても、どうして効くのかって理由には答えられないし……）

それが本音である。

『答えられないことをどうして知っているのか？』なんて疑問を持たれたのなら、自身の状態について誤魔化しようもないのだから。

「……あなた様のことを疑うつもりもご不快にさせるつもりもないのですが、うまい話にはウラがあるとはよく言います。譲渡される理由をお答えいただいてもよろしいでしょうか」

「当然の言い分だと思います。……と言っても私情ばかり入ったものなんですが、アリア様のお歌をこの先聴けなくなるのは本当に嫌なことなので。本日はそう思えたほどに素敵な時間を過ごさせていただきました」

「そのようなご理由でしたか」

「はい！」

お世辞だと思われないように、笑顔を作る。

（力になりたいけど、俺にできるのはこのくらいだから……）

根本的な原因を解決できないのは心苦しいが、伝えたケアをしてくれることで少しでも楽になってもらえたらと強く思う。

「ありがとうございます。しかしながらアリア様の事情を正確に知っているような口ぶりですね。……まるでどなたからかお聞きになったかのように」

「あ、はは……。それは勘ですよ。大変なスケジュールが組まれているのは予想がつきますから、喉を痛められる日もあるんじゃないかと」

暗闇の中で交わしたあの出来事は夢幻的なもの。公にするようなこともなければ、アリアだって心のうちに留《とど》めていることだろう。

そうして言いたかったことも言えた。本題ももう終わりである。

『長々とすみませんでした』なんて切り上げようとしたベレトは予想外の言葉を聞くことになる。

「喉を痛められる……ですか。不甲斐《ふがい》ないですよ、本当に」

「えっ？」

唇を噛《か》み締《し》めるサーニャ。

ベレトは気づかずに口にしていたのだ。彼女に対して無自覚な皮肉を。

「アリアお嬢様のお歌をこの先聴けなくなるのは嫌だと。そう申されたベレト様ですからね。なんの見返りもなく、大変貴重な情報を提供してまで状態を緩和しようとして下さっているのですからね。『なぜ働きかけないのか』と私を不審に思うのは当然でしょう」

「……」

（え？　いや、俺はサーニャさんにそんなこと思ったりは……）

むしろシアと同等の優秀さを持っていると思っている。実際に持っているからこそ、こんな深読みをしているのだろう。

「ベレト様には弁明のしようも言い訳のしようもないのですが、これでも私なりに働きかけてはいるのです。アリアお嬢様のスケジュールの緩和について、奥様と何度も交渉を」

「そ、そうなんですか⁉」

「過密なスケジュールによって喉に影響が出ていることは、常に同行している私が一番理解しておりますから。と、話が逸《そ》れてしまいましたね。交渉については芳《かんば》しくなく……。申し訳ないです」

「いえいえ！　こちらこそ、その事情を知らず失礼なことを言ってしまってすみません」

『不甲斐ない』と言ったサーニャの意味がここでわかった。

アリアに仕えるサーニャの仕事は、『主人に不便をかけさせることなくお世話をすること。

それにも拘《かかわ》らず、自分は言ってしまったのだ。

『喉を痛められる日も』と。

それはつまり、『当たり前の仕事をこなしているの？』なんてサーニャのことを訝《いぶか》しむ言葉になってしまう。

意図して言ったつもりはこれっぽっちもなかったが、こればかりは本当に猛省だ。

「……あ、あの。一つ気になったのですが、〝何度も〟の交渉って問題はないんですか？」

公爵の妻と交渉。それは彼女のように仕える側の身分では分が悪すぎるものだろう。

『功績を獲得するチャンスを邪魔する者』として捉えられ、目の敵にされる恐れだってあるはず。

「正直にお伝えするならば、次に奥様と交渉をする際、コレになることを宣言されています」

「ええ……」

堂々たる態度のまま、首に指先を向けて横に切る仕草を取ったサーニャ。

それは『解雇』の意だった。

「本当、参りますよ……。私が離れるようなことになれば、アリアお嬢様は気を休める場所がなくなってしまいます。しかし、多忙な現状を打開しようと働きかければ、先ほどの通りに」

「板挟みの状態というわけですね……。信じてもらえないかもですが、その辛《つら》さは自分も痛いほどわかりますよ」

「ベレト様のようなお立場でもですか」

「自分にもいろいろありまして」

（サーニャさんのような板挟みを体験したのは社会人の時だけど）

こんなことは当然言えない。

濁しながら答えると、その気持ちを察してくれたのか、追及はなかった。

「なんだか親近感が湧いてしまいますね」

「自分もそう感じました」

「……不思議なことを口にしてしまうのですが、ベレト様は私と同年代、もしくは年上に見えますよ。三つも年上な私ですがね」

「そ、そうですかね？」

「考え方。度胸。落ち着きよう。義理堅い性格。なにより、お話をするだけで信頼の置ける相手だと理解できます。学生を相手にこのようなことを感じたことは今まで一度もありませんでしたので」

「それはどうもありがとうございます」

（実際、精神年齢は全然違うもんなぁ。って、こんなにも凛としたサーニャさんが二十一歳⁉）

容姿から若さは十分伝わっていたが、こんなにもしっかりしているのだ。

もっと年齢を重ねているかと思っていたベレトである。

「……それはそうと、あなた様は不思議に思われていたのではないですか。公爵家の内情を口を濁さずに漏洩《ろうえい》させている私を」

「そ、そうですね。本来言ってはいけないことじゃ……？　とは思ってました。言いふらすつもりはありませんが、どうしてそのようなことを？」

首を傾《かし》げながら問いかければ、サーニャは目を細めながら言った。

「口が軽いお方には見えませんでしたし、僭越《せんえつ》ながらアリアお嬢様の同情を誘える方だと感じましたので」

「そ、そう言われたら否定はできないですけど……」

「『たったそれだけで？』と、言いたげですね」

「内密な情報にしては高くつくなぁと……」

「もう一つの捉え方をすれば、安すぎると言えますよ」

そう言い切ったサーニャは、こちらが言葉を挟む前に説明したのだ。

「これは独り言ですが――同情を誘えたのなら、異性として意識していただけるのかなと感じまして。私が安心してアリアお嬢様を任せられるような、あなた様に。アリアお嬢様の理解者はそういないものでしてね」

「……い、いやいや」

「詰まるところ、アリアお嬢様の現状を打開するにはもう公爵家を離れることだと考えている、というわけです」

ここでもまた上手に同情を誘う言葉を入れ込むサーニャは、冗談とは思えないような声色で微笑《ほほえ》みを浮かべるのだった。

「それではベレト様。お時間も良《い》いところなので、会場に戻りましょうか。お互いにやるべきこともあるでしょうから」

「……あっ、すみません。サーニャさん。最後に一つだけ提案と言いますか、訂正させてほしいことがありまして」

「訂正と申しますと？」

「先ほどお話しさせてもらった喉のケアの情報について、『公爵家にお譲りする』と口にしたと思うのですが……」

ベレトは申し訳なさそうな表情を作り、両手を合わせる。

「こちらを『サーニャさんにお譲りする』とさせてもらえませんか？　もちろんこちらが提唱者だと名乗りを上げることはしないと約束しますので」

「ベレト様もご理解されているとは思いますが、私は公爵様の下で従事させていただいている側の人間です。そちらの訂正を行ったところで、ベレト様に変化があるようなことはないのでは？」

「確かに自分の場合はそうですが、この情報によって効果が出た場合、サーニャさんの立場が少し良くなるのかなと」

「っ！」

「後出しで申し訳ないんですが、正直な気持ち、このような情報はサーニャさんのような真摯な方に受け取ってほしいですから。あの……構いませんか？」

おずおずと首を傾ければ——「ふふ」と、口元に手を当てるサーニャがいる。

「情報の提供者に対し、こちらが拒否する権利はなにもありません。むしろ感謝申し上げます」

「では、お願いします」

話がまとまった瞬間、無言の時間が作られる。

「……」

「……」

「…………」

「……はあ」

その間、真剣な表情で訴えたベレトに返ってきたのは、サーニャのため息だった。

「あなた様は偉い立場なのですから、もう少し貴族らしさを持たれてみてはどうでしょうか。そのような振る舞いは、舐《な》められてしまう要因であり、いいように利用されてしまいますので」

呆《あき》れたような声を出しながら苦笑を浮かべられる。そこに嫌味は込められていなかった。

凛とした彼女の素を、ほんの少しだけ見られた気がした。

「というものの、あなた様の性格上、それは一番大変なことだと思いますから、一つ簡単な対策をお教えしておきます」

「た、助かります。それで……その方法とは？」

「アリアお嬢様と親密なご関係になることです。あのお方にはそれほどの権威がありますから」

「は、はは……」

本気のアドバイスをもらえると思いきや、現実味のなさすぎることを言われてしまう。

苦笑いを浮かべるベレトを見て、目を細めるサーニャがいる。

「もしよろしければ、私もいろいろと手を回しますよ」

「……ご、ご冗談を」

その言葉に対し、サーニャから返ってきたのは無言の首振りが一つ。声で返事されるよりも本気度を感じてしまい、まばたきが多くなる。

「お苦手ですか？　アリアお嬢様のことは」

「いえ！　全然そんなことは！　ただ自分よりも立場が上の方ですし、なにより凄《すご》い方ですので尻込みしてしまうと言いますか」

「なるほど。一つお聞きするのですが、もう少々お時間をいただけたりはしますか」

「は、はい。もちろんです」

「ありがとうございます。それでは会場に戻られ次第、アリアお嬢様をお呼びしてまいりますね」

「え……」

「もう少しお話をされることで、尻込みされることもなくなるかと思いますので」

予期していなかった言葉に瞠目《どうもく》するベレトは見透かされていた。

「本日はもうアリアお嬢様と交流を取らないよう考えておられる気がしていまして。違いますか？」

「タ、タイミングが合えばお話をしようとは思っておりました……よ？」

「ふふ、そうですか。それは失礼を」

軽く頭を下げられるが、譲歩してくれたことは今の笑みからもわかること。

「専属としての私情で申し訳ないのですが、あなた様からもアリアお嬢様にお歌の感想を伝えていただきたく思っておりまして」

「自分の感想を……ですか？」

「アリアお嬢様に一度も感想をお伝えできないことになってしまわれる可能性があなた様にはありますでしょう？　最悪は共にこの世を去ることになりますので」

「た、確かに……それはそうですね……」

洒落《しゃれ》にならないだけに笑えない。が、首を突っ込んだのは自分である。もう取り返しがつかないこと。

「それではアリア様と少し会話をさせていただけたらと」

「感謝いたします。それでは会場の方に」

「はい」

その言葉を交わして長い廊下を歩き、会場に近づいていた矢先だった。

サーニャはどこか残念がるように口を開いた。

「……私、初めて拝見しましたよ。『アリアお嬢様をお呼びしてまいります』の言葉を聞いてお喜びされないどころか、青い顔をされる方を」

「ほ、本当に嫌なわけじゃないですからね!? ただ本当に尻込みする思いが強いだけで!」

アリアの専属侍女の前なのだ。誤解されるわけにはいかない。必死になって弁明すると、サーニャは微笑んだ。

「お気になさらず。私は嬉《うれ》しく思っておりますから」

「え? それは本当ですか……?」

「アリアお嬢様と親密になって欲しい方に、下心がないとわかる反応なので」

「あ、あはは……」

「と、雑談はここまでのようですね。それでは壁際《かべぎわ》でお待ちください。すぐにお呼びしてまいりますから」

その言葉を聞く頃には、サーニャが扉を開けていた。

そうして、中に再入場してすぐである。

ふわふわのプラチナブロンドを靡《なび》かせて、上品に近づいてくるアリアがいる。

「サーニャからお話は聞きました。お気遣いありがとうございます」

「いえいえ！　こちらこそお時間を取っていただきありがとうございます」

「ふふふっ、本当はサーニャの無理強いを受けたのでは？　普段はこのような要求を通したりはしませんから」

「は、はは……。どうですかね」

快く思ってもらうためにも『サーニャにお願いした』という体で立ち回ったベレトだが、完全に経緯を見破られていた。

さすがは主人と言える判断には苦笑いしか返せない。

「サーニャが失礼を働いてしまいましたこと、わたくしからも謝罪いたします」

「と、とんでもないです！　タイミングが合えば、改めてお話をしたいと思っていましたので」

「そう言っていただけるとわたくしも嬉しく思います。実は同じお気持ちでして」

「えっ⁉」

一瞬、暗闇の園庭で話したことについて深掘りされてしまうかとも思ったが、そうではなかった。

「ご本人様を前にして大変失礼なことなのですが、ベレト殿のことをとても恐ろしい方だとの誤解を……」

「あー。それは逆に誤解をさせてしまって申し訳ないです」

「ベレト殿が謝罪されることはなにも。ふふふ」

なぜかウケたが、自虐の一つと感じたのだろう。

思い返せばエレナも笑っていた記憶がある。

「ですから、誤解を解いた状態でもう一度ご挨拶をさせていただけたらと願っておりまして。サーニャはそんなわたくしの気持ちを汲《く》み取ったのだと思います」

「とても優秀な方だとお見受けしてますよ」

「ありがとう存じます。わたくしの自慢でして、とても大事な人でもありまして」

「そうでしたか」

サーニャが褒められたことを嬉しそうにしているアリア。

お互いに硬い口調だが、『改めてお話をしたい』という気持ちを交感できたからか、気まずさもなく、楽しくやり取りができる。

無論、『アリアの素の姿』を考えないようにしているベレトの功績もある。

「あ、それと言い遅れてしまったのですが、アリア様のお歌、本当に素晴らしかったです。

また是非、お聴きできる機会があればと思ったほどです」

「そう言っていただけると、歌った甲斐《かい》がございます」

本当は『無理しないでくださいね』と声をかけたいが、ひた隠しにしている事情を知っているベレトなのだ。

バレているという不安を与えさせないように、賛辞をおくるだけに留《とど》めるのだ。

「ベレト殿の熱視線はしっかりと感じておりましたよ」

「あは……。本当聞き惚《ほ》れてしまったものでして」

冗談に本心を交えた軽口を返すが、こんなことを言われるだけでも心臓に悪い。周りの目があるだけに。

「一つご質問なのですが、ベレト殿は次回どのような夜会に参加されるのですか？　前々から同じ会に参加されることがわかりましたら、なにかとお話をする機会も取れるかと思いまして」

「それなんですが、次はまだなにも決まっていないです」

「そうなのですか？」

「は、はい」

意外そうな反応が心に刺さる。

侯爵の立場ならたくさん招待状をもらってもおかしくないのだが、悪評があるだけに全然なのだ。

「恐らくですが、年に二、三度ほどしか参加することはないかと思います。……専属侍女のシアに苦労もかけたくない思いもありますし――」

アリアに吐露するように、歓談中のシアに視線を向けながら口を開く。

仮に多くの招待状をもらっても、この気持ちは固めていること。

「――まだ年齢が年齢ですから、体力もあるとは言えませんし、かなりやせ我慢をする性格でもあって。……無理、させたくないですから」

挨拶回りがシアの担当になっているだけでも、他の侍女よりも体力を使い、気を張り巡らせていることだろう。

学業もこなして毎日が多忙なのだ。体調を崩してほしくもないのだ。

「お噂《うわさ》通りの方ですね。……エレちゃんやルーちゃんが心を許されるのも納得です」

「え？」

「ふふ、独り言でございます。いろいろと思うことがありまして」

この時、アリアが思い出すのはルーナの言葉。

『彼のよいところはありのままの時によく見えますよ』と。

身内の人物であるシアの話題になったことで、その片鱗《へんりん》を見ることができたのだ。

「でしたらベレト様とお会いする機会は大変貴重なのですね。とても残念に思います」

「もったいないお言葉ですが、いつの日かお会いする機会もあるので、その際にはまたお歌を聴かせていただけたらと」

「ええ、承知しました」

『約束ですよ』と強く言いたいが、これもまた言えることではなかった。

「こほん。それではキリもよいところですし、周囲からのベレト様の印象をお下げすることは忍びなく思いますので」

「わかりました。お気遣い本当にありがとうございます」

アリアと話したい貴族はまだたくさん残っている。独占していると周りから思われないように時間を計ってくれてもいた。

「正直なところまだまだお話し足りないですので、またお会いできますことを心から」

「こちらこそ」

最後はお互いに笑みを見せ、別れることになる。

ベレトは知る由《よし》もなかった。このような言葉を日常的にかけるアリアではないことを。

「おかえりベルト。随分仲睦《むつ》まじく話していたわねえ。アリア様と」

「ま、まあね。話しやすい方だから」

用事も終わり、偶然空いていたエレナの元に戻れば、ワザとらしく頬を膨らませられるという歓迎を受けていた。

「とある方とは人目のない場所にまで移動して。一体どのような会話をしていたのかしら」

「どのような話もなにも、たわいもない内容だから」

「〝人目のない場所に移動してまで〟たわいもないお話ねえ……」

「それ以上の深掘りはなし！」

「あなたがもっとマシな嘘《うそ》をつかないからでしょ？」

「マシな嘘がつけたらこんな立ち回りはしてないんだよなぁ」

「ふふ、確かにね」

重要な話をしていたことは完全にバレている。

それでも言いたくないことを察してくれて、追及までは避けてくれるエレナには頭が上がらない。

「そ、それより……さ？　あれどうなってるの？」

「あれは説明する必要ないでしょ？　一人一人の下心と戦っているのよ」

　ベレトとエレナが視線を向ける先は、壁の近くに立っているルーナである。

　そこには数人の男貴族が並び、一人去ったらまた一人補充されるという状況が作られていた。

「お誘いが叶《かな》った参加者が少しずつ退場し始めたから、いろいろと刺激を受けているのでしょうね」

「なるほど……。って、それにエレナが巻き込まれてないのは意外だなぁ」

「あたしは一応それなりの身分だし、なにより主催者側だから心理的な距離を置かれるのよ。って、あなたもそのくらい知ってるくせに」

「それでも意外だったたって感じ」

　お世辞でもなく。

「いやあ、大変そうだよな……。あれは」

「はあ。そう思うのなら助けてあげなさいよ。ルーナはあなたのお誘いを待っているんだから。一緒に休憩をするって約束もしているんでしょ？」

「そ、それはそうなんだけど……」

　助けたいと思っても、歯切れが悪くなってしまう理由。

それはあと数分でエレナと抜け出す約束時刻、二十一時を迎えてしまうから。

「ちなみにあたしはどうにも動けないわよ？　同性同士で抜け出すようなことをすれば、変な誤解が生まれてしまうから」

「……」

「あとはそう。あなたと一緒に休憩するって言ったルーナ、慣れない場なのにまだ一度も休憩を取っていないのよね。このまま知らんぷりをしてあたし達が抜け出すようなことをすれば、ずっとあのままでしょうね」

「ッ」

『あなたはあたしとルーナ、どちらを取る？』

まるでそんな天秤《てんびん》にかけるように煽《あお》ったエレナは——ポン、とベレトの背中を押したのだ。

「ふふっ、なにを迷っているのよ。まったく」

「えっ？」

「男ならあたしとルーナの二人を連れ出すくらいしてみなさいよ。それなら約束が変わっても許してあげるから」

耳元に口を寄せてこう呟《つぶや》いたエレナは、上目遣いを作って優しく微笑《ほほえ》んだ。

「その方が素敵よ、ベレト」

「……あ、ありがとうエレナ。それじゃあ行ってくるよ」

「ええ。もし断られた時は慰めてあげるわね」

「今物凄《ものすご》く不安になったんだけど……」

「うるさいわね。ほら、早く行ってきなさい」

「う、うん」

手を払うようにして雑に見送られるベレトは、順番待ちをするようにルーナの列に並ぶ。

ただの友達であるのにも拘《かかわ》らず、どうしてこんなにも緊張してしまうのか。

断られることがどうしてこんなにも怖いのか。

その理由にはもう自分自身が気づいていることだった。

幕間《まくあい》二

「アリア様、本当に素晴らしいお歌でした‼　もう聞き惚れてばかりでした‼」

「またの機会がありましたら、是非お聴かせ願えたらと思います」

「嬉《うれ》しいお言葉をありがとうございます。次回も期待に沿えられるよう努めてまいりますね」

続けざまに男女二人組の貴族と挨拶を交わすアリアは、目の隅に映していた。

エレナとルーナの手を引き、この会場から離れていくベレトの背中を。

（いいなあ……みんないいなあ）

この時間になると、毎回思うのだ。

自分と違って自由な時間を過ごしていることもあるが——一番は相性が良《い》いと感じた男女がペアを作っていたり、また恋人同士で帰宅の準備を始めていることで。

体を寄せ合っていたり、仲睦まじい様子を見たり、心を許している光景を見ると、どうしても刺激を受けてしまう。

「お二人はこれからどうされるのですか？」

会話を膨らませるために質問すれば、これから殿方のお屋敷《やしき》に向かうらしい。

お互いに照れた様子で。

つまり、お熱い夜を過ごすのだろう。

（はあ、羨ましいなあ～‼）

『それは野暮なことを聞いてしまいましたね』と、笑顔を作りながら心の中ではこう思う。

正直なところ、恋人を作ることも婚約者を作ることもアリアにとっては簡単なこと。

『麗しの歌姫』という大きな名声があり、公爵家という身分も相まって。

ただ、作ったとしてもそれは形だけのもの。

皆と同じような気持ちになれるわけではない。

家族が求める姿を演じ続けた代償は、このままの姿を作り続けなければいけないということ。

それは恋人ができても、婚約者ができても同じこと。

幻滅されることで家名に傷をつけないように努めなければならない。

偽っていく人生に幸せを感じられるはずがないのだから。

（また見つめ合ってこのお二人は……）

アリアもまた年頃の娘。

恋愛には大きな興味を持っている。誰よりも興味を持っている自信がある。

無論それは自分の手の届くところにない世界だから。

（わたくしの素を認めてくれたあの彼も全然見当たらないし……）

楽しい晩餐《ばんさん》会だったが、この一件は大きな尾を引いていること。

（やっぱり名前だけでも聞いておけばよかったよ……）

『手持ち無沙汰』と言っていたことを参考に、あの彼を探し続けているが、未《ま》だ良い収穫はなにも得られていない。

帰宅する参加者も増えるこの時間でなにも摑《つか》めていないとなると、もう期待はできないだろう。

（もう一度お話ししたかったなあ、本当に）

二人と軽い談笑をしながら改めて思う。

価値観が合っていた人物で、サーニャと同じくらい仲良くなれそうな人物。

このような会で心が重くなるほどの後悔を感じるのは初めてだった。

「それではアリア様、お迎えが来ましたので、僕たちはこれで」

「承知しました。それではまたお会いできる日まで」

（あの人にもまた会えるかな……）

雑念を抱きながら数分間の挨拶を終えたアリアは、次の挨拶が始まる前に壁際《かべぎわ》に立っていたサーニャに視線を向ける。

これだけで気づいてくれるのは、いつも意識してくれているから。

「どうされましたか、アリアお嬢様」

近づいてきてくれる彼女に小さな声で言う。

「みんなイチャイチャしてズルい……」

「またそれですか。用件は以上で?」

「みんなズルいから隣にいて」

「私は女性なのですが」

「それでもいいの」

「互いに分かれていた方が挨拶の面で効率が良いのですが」

「いいの」

頭ではわかっていても譲らない。この時間は気が紛れる方が優先だった。

「はあ。本日は普段以上に刺激を受けてしまわれたのですね」

「……ん」

コク、と頷《うなず》く。

（あの人に会えたら、せめてあの人の正体がわかったら、こんなにモヤモヤすることはなかったのにー）

心の中で肩を落とす。後悔をする選択をしてしまった自分自身を振り返って。

――ただ、マイナスなことばかりではない。

今日の晩餐会は本当に楽しいものだったから。

とても良い収穫は別にあったのだから。

ありのままの姿を認めてくれる殿方がいるのだと。

自分と同じように、貴族らしい考えを持っていない殿方もいるのだと。

これはお釣りがくるほどに嬉しいこと。

心の底からそう思えること。

「……ふふっ」

「どうかされたのですか。突如お笑いになって」

「ううん、なんでもな〜い」

「とてもそうは思えませんが」

サーニャからのツッコミを笑顔で受け流したそのタイミングで、新たに別れの挨拶にきた参加者が近づいてくる。

（本当、今日はとてもいい夢を見られそう）

こうしてすぐに気持ちを切り替えることができたのは、それだけご機嫌な気持ちを持っていたから。

（またいつの日か本当に会えるといいな……）

そんな想《おも》いを込めて、目を細めるアリアだった。

第六章　晩餐会その五　想いを

「はあ怖かった。殺気を感じたよ……」

「一度に二人も連れ出したのだから当然でしょう？　これでもっと周りから嫌われちゃったわね」

「あの状況を一番に楽しんでた人が嫌われないのは理不尽だよ……。エレナが笑ってるところちゃんと見たからね？　俺」

「あら、気のせいじゃない？」

からかいの言葉が投げられた瞬間、ヒューーと涼しい風が体を吹き抜ける。

夜風に当たりながら星空や庭園を見渡せるこの場所は、屋敷の三階に設《しつら》えられたバルコニーである。

本来ならば足を運べない場所だが、エレナがいることで許可されたのだ。

「……あの、先ほどは本当にありがとうございました。あなたにも格式ばったお誘いをしていただけるなんて思ってもいませんでした」

「な、なんかルーナもからかってない？」

くる。

「助けていただいたので、そのようなことは決して」

抑揚のない声。言い方を変えれば落ち着きすぎた声で言われ、恥ずかしさが込み上げて
『格式ばったお誘い』とは、手を差し伸べながら……というもの。

「ただ、あなたのお誘いならばわたしは喜んで承諾しますし、あなたもわかっていたはずですから、周りの方々と同じようにする必要はなかったのでは」

「コイツのことだから、どうせ『断られるかも～』なんて思っていたのよ、どうせ。ルーナは恥ずかしかったでしょう？　ベレトが恥ずかしがっていたから」

「……ですが、とてもよい思い出になりました。わたしが好きな描写場面を体験できましたので」

「も、もうこの話やめよう？　それがいいと思うよ。うん」

バルコニーに備えられた椅子に腰かけるエレナとルーナ。この二人と対面していたベレトは、立ち上がって石塀に手をかける。

（ま、まさかあの時のことを掘り返されるなんて……）

背中を見せたのは照れた顔を見られたくなかったから。

「そ、それよりシアは大丈夫かな……？　一応、アイコンタクトは取れたんだけど、それ

らしい話はできてなくて」

「その件なら平気よ。この場所にいることは家の者に通しているから、今頃連絡が渡っているはずよ」

「あっ、ありがとう。それなら安心だ」

「相変わらずですね」

「普段は意地悪なくせに、こんなところは優しいのよね」

「『こんなところ』は余計だって」

後ろを振り向くことなくツッコミを入れたのは、温かい視線を向けられていると感じて。

「……お優しいのはエレナ嬢も同じではないですか」

「えっ？」

「わたしを助けようとしたために、エレナ嬢のお約束は——」

「——ふふっ。そんな約束はもう忘れちゃったわ。だから気にしないでちょうだい」

「そう、ですか……」

ルーナはエレナから直接聞いているのだ。

『アイツと二人で抜け出す約束を取りつけている』と。

今、この場に『三人の構図』が作られている時点で、その約束は変わったということ。

二人の変わらぬ様子を見れば、そのように話を通した上で助けてくれたのは考えるまでもないこと。

「……身分の低いわたしが受けられるような対応ではありませんね」

「いつかは言えなくなりそうなセリフだこと」

「っ！」

ボソボソと聞こえる二人の声。

「ねえベレト。ちょっとあなたに質問があるのだけど、正直に答えてくれる？」

「な、なに？」

真剣な声色を感じ取ったベレトは、ここでようやく振り返る。

「唐突で申し訳ないのだけど、あなたって複数の恋人を持つことに賛成じゃないの？　一夫多妻のお話をした時、険しい表情をしていたから気になって」

おずおずと不安そうに確認を取る姿は、普段のエレナとはどこか違っていた。

実際、聞かれそうなことだとも思っていた。

「えっと……あなたは嫌なわけじゃないのよね？　これはあたしの感覚でアレだけど……」

「う、うん。戸惑いはあるけど、嫌ってわけじゃないよ。嫌なわけじゃないんだけどさ、将来的な価値観が違うこともあるから」

「価値観って？」

聞き返すエレナと連動しているように、静観しているルーナはコテリと首を傾けた。二人して同じ疑問である。

「ルーナが説明してくれたことが全部だよ」

（本当に……全部で）

この時のベレトは無意識に険しい表情を作っていた。

『一夫多妻制下の夫人は基本的にライバル』

『相続や立場の面で優位に立てるかどうかは、出産した子どもの数や、子どもの能力、家名にどれだけの益《えき》をもたらしたか』

『夫人同士で競争することによって、権力をさらに高める』

その三点である。

「もちろん理に適《かな》ったものだっていうのはわかるし、繁栄に繋《つな》がることだから仕方ないけどさ——」

この時、頭の中には喉を痛めてもなお、観客に歌を届けるアリアの存在が浮かんでいた。スケジュールの融通が利《き》かず、苦しめられているアリアの姿が浮かんでいた。

「──俺はそんな打算的なことは二の次で、変わらずの関係で過ごしたいよ」

（ワガママだけど、元はそんな世界に住んでいたから……）

生まれ持った自分の価値観をこの世界で出すのは間違っているだろう。

ただ、これぱかりはどうしても拭いされないもの。理解をしてもらわなければ、その常識に踏み込めないもの。

「あなたの言葉を要約すると、相続や家庭内の立場を平等にすることでライバル的思考を排除するわけですか」

難しい内容なだけに、理解しづらい説明になってしまったが、賢い頭を使ってわかりやすく変換してくれるルーナである。

「そんな感じ……かな。現実的なことじゃないんだけど、戦略的なことは抜きに生活できたら……って」

「あなたらしい方針ですが、周りには理解されないでしょうね」

「最終的にも競争をさせないってことは、一夫多妻の一番のメリットがないようなものだしね」

「あはは……。権力は大事だけど、これ以上は高望みしないよ。それよりも人生は一度きりだから、後悔のないように過ごしたくて」

一度死んでいる身だからこそ、これは誰よりも大切にしていること。後悔のないように生きたいのだ。

「……はあ。趣味が悪いわね。あなたって」

「えっ⁉　なんでそうなるの？」

「だってその考えを聞いた上で、あたしがあなたに想いを伝えた場合、『財産とか相続とかそんなのを関係なしにお付き合いをしたい』ってなるわけでしょ？　つまり『あなたさえいればで十分です』って言うようなものじゃないの……」

「身分が高ければ高いだけ辱《はずかし》めを受けてしまうというわけですか。確かにとんでもないシステムです」

「あ、そ、それは……いや、俺はそんな自惚《うぬぼ》れた考えを持ってるわけじゃなくて‼」

（そ、そう言われたらそうなっちゃうけど、これは違うんだよ！）

ベレトにそんな考えがなかったからこそ、慌てに慌てる。

そんな様子を眠たげな目で見るルーナは、動く。

「エレナ嬢、少しお耳を貸してもらえますか」

「え、ええ……」

顔を赤くするエレナに一声かけ、耳元で呟《つぶや》くのだ。

「わたし、身分が低くてよかったと初めて思えました」

「っ」

これは先ほど冷やかされた、『いつかは言えなくなりそうなセリフだこと』に対する仕返しである。

無表情ながらも瞳の中には煽動《せんどう》がある。

身分は違えど、そのようなやり取りができる二人は本当に良い関係を築けているのだろう。

「そ、それはそうとさ、三人でこうして集まるのって珍しくない？」

「その通りですね。わたしは学年も違いますから」

「まあ、ベレト一人じゃ物足りない感はあるけどねえ。優秀なあの子が側にいてくれないと」

「シアさんの立ち回りは凄《すご》いですからね」

「なんか二人とも俺に当たり強くない？　この会話を誰かが聞いたら絶対ビックリすると思うよ？」

「ふふっ、それはそうでしょうね」

「あなたに不満があれば、すぐにでも変えますよ」

侯爵家の人間が身分の低い相手にからかわれているのだ。

なにも知らない者達がこのやり取りを聞けば、顔を真っ青にさせることだろうが、この二人はそれだけ自分のことをわかってくれているということ。

「不満はなにもないって。なにもないからこそ、こんな俺と仲良くしてくれてありがとね、本当に」

「な、なによいきなり……」

「……同意です」

「あはは、今さらでアレだけど、今日はそんな気分で」

この時、ふと思う。

（この二人が仲良くしてくれなかったら、どんな学園生活を送っていたのだろうな……）と。

日頃の行いで教室では誰も絡《から》んでくれずに、気を休める場所だって取れなかったはずだ。

きっと学園に通う生活を苦痛に感じていたはずだ。

楽しむことさえできなかっただろう。

想像するだけで恐ろしくなる。

「ね、今度シアも入れてみんなで遊ぶ予定立てない？　またこうした時間過ごしたいし」

「別にそれは構わないけど、なにか変なこと企《たくら》んでいたりしないわよね……？」

「考えてないってそんなこと……」

責めた目を作ればエレナが笑う。

「あっ、それならあなたが手料理を作る機会にルーナも誘いましょうよ。ルーナもコイツが作るお料理気になるでしょう？」

「よ、よいのですか」

よほど興味があったのか、目を大きくして素早い食いつきを見せるルーナがいる。

「もちろん歓迎だけど、凝った料理は作れないからね？」

「それでも問題ないわよ。ね、ルーナ？」

「はい。あなたの手料理ですから」

「ハードルを上げられてるのは気のせいかな……」

「みんなと関われる機会が増えるのだから、それだけでも成功でしょう？」

「た、確かに」

できることならば期待はしないでほしいが、エレナが言うことはなにも間違っていない。

口角の上がる顔を隠すように、改めて外の景色を見つめるベレトがいる。

「それにしても男冥利《おとこみょうり》に尽きるわねえ、ベレトは。今の約束をしたことでまたあたし達を独り占めするわけでしょう？　特にルーナは今回の晩餐会《ばんさん》で一番異性からの招待を集めていたわけで」

「はは、確かに否定はできないね」

「っ、わたしなんかがそんな……」

「ルーナはもっと自信を持ちなさいよ。って、あなたはあなたでやけに素直じゃないの。いつもなら『自分でそれを言うんだ』みたいにあたしを茶化してくるでしょう？」

毎日のように接しているだけに、簡単に言い当ててくる。

実際にその考えは脳裏にあったが、今この瞬間だけは言えなかったのだ。

二人に背を向けたまま、本音を口にする。

「――そのなんて言うか……えっと、男冥利に尽きるってことは間違ってないし、二人が異性と話してるところを見て、モヤモヤする部分もあったから」

「えっ？」

「え……」

「そ、そんな驚くようなことじゃないでしょ⁉」

（意外な反応をされると困るよ……）

呆気《あっけ》に取られたような声が二つ背後から聞こえ、狼狽《ろうばい》するように説明を続けるのだ。

「だって自分とこんなに仲良くしてくれてる人はシアを除けば、エレナとルーナの二人しかいないし。それに……」

首を回し、チラッと二人の綺麗《きれい》なドレス姿に目をやるベレトは──『やっぱりなんでもない』と誤魔化した。

「はあ……。なにを言おうとしたのか知らないけど、情けない発言だこと」

「普段は頼り甲斐《がい》があるのですけどね」

「せめてコソコソ言ってほしいなぁ……」

本音を口にした今、からかわれるだけ余裕がなくなってしまう。

「まあ、あなたと仲良くしてくれる人はこれから増えていくでしょうけどね。本日の晩餐会であなたに挨拶をした学園生の侍女が二人いたでしょう？　悪い噂《うわさ》が少しずつ薄れている証拠よ」

「直に侯爵家跡取りらしい生活にお戻りするでしょうね」

「ねー。想定していたよりも早いんだから……」

先ほど当て擦《こす》りしあっていた二人だが、今はそんな様子もない。まるで共闘しているようう。

「仮にそうなったとしても変わらず絡みにいくけどね？　自分にとって二人は特別だか

ら」

悪い噂があっても関わってくれた。それはなによりも嬉《うれ》しいこと。本当に感謝している
こと。

「ふーん……」

「特別、ですか」

「それはそうだよ。悪い噂もあることだし、本来は関わろうとしないのが普通なんだか
ら」

恥ずかしい会話になかなか振り向くことができない。

その一方でこっそり横目を合わせるエレナとルーナがいた。

「……ほら、ルーナ。あなたが言っていいわよ。いいタイミングでしょ」

「……こ、怖いです」

「……あ、あたしだってそうよ」

「……が、頑張って援護しますので」

「……も、もう。貸し十個よ本当に……」

ひそひそと聞こえる会話。

ベレトがそっと後ろを振り返れば、なぜか小突き合いをしている二人がいた。

「そ、それは……そ、そうよ！　なにしてるのってセリフはあたしのセリフ！」

「な、なにしてるの？」

「え？」

「あ、あのね。もう言わせてもらうけど……」

夜更《よふ》けの時間。赤みを灯《とも》した顔は上手に紛れている。

そんなエレナは、落ち着きなく赤の髪を人差し指で巻きながら震えた声を漏らすのだ。

「そんなに特別だと思うなら、モヤモヤするくらいなら……周りがしているようにさっさと首輪つけちゃいなさいよ……」

「ッ⁉」

「もしあなたにその気がないのなら、今受けている求婚……あたしもルーナも受けちゃうだけだし……」

「ちちちょっと待って……！　ルーナまで求婚されてたの⁉」

この報告を聞いた瞬間、焦《あせ》りが前に出てしまう。

「あ、当たり前でしょ。ただでさえ今回の晩餐会であれだけ声をかけられていたのだから」

「それを言われたらそうだけど……」

頭が真っ白になった状態から納得させられるが、ここで不思議なことが起こる。

「ルーナが全然目を合わせてくれないっていうか……。完全に顔を背けてない？」

「それは恥ずかしがっているだけよ！　ベレトには内緒にするように言われていたの。ごめんね、ルーナ」

「い、いえ。構いません……」

実際のところルーナに求婚の話は来ていない。もちろん求婚についてなにも聞いていないエレナであり、堂々と嘘《うそ》をついているわけだが——この件はすぐに現実のものになるはずなのだ。

今回の晩餐会で多くの貴族が、今まで一度も夜会に顔を出したことがない『箱入り娘』のルーナを知ったのだから。

容姿や雰囲気、その他のことで多くの好感を得ていたのだから。

物にしたいと思う貴族が湧くのは当然のことで、明日、明後日《あさって》にでも恋文を届けようとする貴族がいるだろう。

「言っておくけど……こ、このように言うのは今回が最後だから。だから……いろいろ言わせてもらうわ」

いつも告白を受ける側だったエレナにとって、このようなことを言うのは初めてのこと。

この勇気はそう何回も出せるものではない。

震える声のまま、口を動かすのだ。

「ベレト、あなたは本当に貴族らしくないのよ。変なのよ。偉い身分であるにも拘《かかわ》らず受け身になりすぎ。気を遣いすぎ」

「あの……多少なりとも貴族らしさは必要、です」

「ルーナの言う通りよ。さっきも言ったけど、その……。あたし達のことを特別だと思うのなら、他の貴族に取られないようにキープしなさいよ……」

貴族社会だからこそ、競争相手は自然と増えていく。

階級社会だからこそ、グズグズすればするだけ気になる相手を取られてしまう。

政略結婚が当たり前に行われているからこそ、想《おも》いを寄せる者同士が結ばれることだって珍しいのだから。

「嘘じゃないんでしょ？　さっきベレトが言ったこと」

「う、嘘じゃないよ」

（頭の中では、わかってる……）

強がっているわけではない。心の底から理解していること。

「じゃあ迷うことなんてないでしょう？　この話の流れだから、もう言いたいことはわかるわよね」

エレナから問われ、ベレトの頭はパンク寸前だった。

動悸《どうき》、困惑、緊張。ごちゃごちゃに混じり合った感情が襲ってくる。

「……」

「……」

「…………」

「…………」

「…………」

風の音しか聞こえなくなるような静寂は、一分も二分も続く。

心臓の音を全身に感じながら、ベレトの返事の言葉をじっと待っているのだ。

「エレナ……。一つだけ聞かせてもらっていい？」

「な、なによ」

「エレナはその……俺の性格と容姿、どっちで選んだの……？」

寿命が縮まるほどに鼓動が速くなる。

（この場に似合わないことを言っているけど、教えてもらわないと割り切ることができないから……）

この容姿は自分のものではない。

誰にも言えない秘密を持っているからこそ、筋を通すために聞かなければならないことだと考えるのだ。

そうでなければ自分自身、納得もできなかった。

「まるでなにかを試すような質問ね」

「……ごめん」

「はあ。わかったよもう……」

ため息を一つ。神妙な面持ちに変えたエレナは一歩、また一歩と近づいてくる。

その距離が数十センチとなり、上目遣いになる彼女はさらに距離を詰めながら言った。

「ベレト——この期《ご》に及んでバカなことを言ってるんじゃないわよ」

「んむ⁉」

白魚のような利《き》き手の人差し指をベレトの唇に強く押し当て、眉を八の字にしながら。

「うるさい口は閉じて……集中して聞きなさいよね。一度しか言わないから」

人形のように綺麗な顔が、髪色と同じように赤く染まった顔が、目と鼻の先に。

「いい？　あなたにもなにか考えがあるんでしょうけど、あたしにとっては単純なお話。

あなたがあなただから、あたしは惚《ほ》れたの。お分かり？　このアホ」

「ッ」

「これ以上でもこれ以下でもないの。あたしはあなたがいいだけ。だから今の想いを伝えているんじゃない」

「……」

震えた指に、強がった顔。

転生したことを知らないはずのエレナが、『あなただから』と認めてくれる。

心にかかるモヤが振り払われる言葉だった。

「だ、だからその、あなたが困るようなこと……あたしはなにも言ってないでしょ？　とりあえずあたしと付き合えって言っているだけなんだから」

「んん」

口が塞がれて未《ま》だ声が出せない。

「もし友人の感覚が取れないのなら、あたしがあなたを好きにさせてあげるだけ。これなら文句ないでしょ？　だから……付き合いなさいよ。あたしと……」

人差し指がそっと離れる。

上目遣いをするエレナのその瞳は、勇気を出し切ったように潤んでいた。

「ほら、なにか言え。もう言えるでしょ」

「……本当に、自分だから？　顔とかじゃなくて……」

「そう言ってるでしょ。てか、あんたの顔なんかで惚《ほ》れしないし」

「あはは、そっかそうなんだ……。本当に嬉しいな……」

若干の貶《けな》しがあったが、そんなものは気にならなかった。

心に迷いがなくなった瞬間だった。

「じゃあその、よろしくね。エレナ。これからはその、いろいろと不便をかけるところもあると思うけど……恋人として」

「ええ……。当然よ」

目を合わせれば合わせるだけ恥ずかしさが襲ってくる、それでも嬉しさが勝る。

「──あの、わたしがいることを忘れていませんか」

「ッ‼」

「っ‼」

二人の空間を作ってしまっていたのは言うまでもないこと。

ハッとするように二人で振り向けば、半目を作ったルーナがいる。

「……ともかく、おめでとうございます」

「あ、ありがとう」

「ありがとうルーナ。……と、ここで名残惜しいのだけど、あたしは少し用事があるから廊下に出てるわね」

「え⁉」

『早くない⁉　この空気で二人にさせるの⁉』

そんなベレトの思いは伝わったように、エレナは背中を向けながら言うのだ。

「別にいいじゃないの。どこかの誰かさんは、二人きりじゃないと殻を破れないみたいだから」

「……」

その『誰かさん』を示すようにルーナの肩に左手を置いたエレナは、耳元で呟《つぶや》くのだ。

『恥ずかしいのは今だけよ。あたしのライバルなんだから、ここだけは勇気を出しなさい』

最後の勇気を与えるように、ぎゅっと力を込めて。

＊＊＊

そうして、エレナがバルコニーから去った後。

「……」

「…………」

「…………」

長い静寂が二人を襲っていた。

先ほどまで会話を引っ張っていたのはエレナなのだ。そんな彼女がこの場からいなくなってしまえば、当然こうなってしまう。

気まずいこの現状を打開するには、その役を新たに作らなければならない。

なんとか会話をリードしようと頭を働かせるベレトだが、先にその役を請け負ったのは、普段から寡黙なルーナである。

バルコニーの石塀に手を置き、彼の隣に立って口を開くのだ。

「……ベレト・セントフォード。自慢の恋人ができましたね」

「はは、おかげさまでね」

(彼、とても幸せそうな表情です……。恥ずかしそうでもありますが)

これも現実を確かめられる言葉を聞いたからだろう。

「あの、一つお聞きしたいことが」

「うん？」

「あなたはエレナ嬢のご好意にいつから気づいていたのですか。あの場というわけではないのですよね」

「そ、そんなこと聞くの⁉」

「内密にしますので」

参った顔をしている彼だが、静かに見守る中でどうしても気になったこと。

また話題を振る意味もある。

「いや、まあその……最初は気づかなかったよ。だけどエレナのお屋敷《やしき》にお邪魔した時、ルーナからオススメしてもらったラブロマンスの本と似た描写のシーンがあって、それでもしかしたらって」

「そうでしたか」

「フィクションから気づくって情けないけどね、あはは……」

(それはかりはあなたらしいですよ)

どこか複雑な表情をしている彼だが、ルーナからすれば嬉《うれ》しい答えだった。

心の底から。

「つまり、わたしは間接的にエレナ嬢とあなたの架け橋になれたのですね」

「そ、そうだね。ルーナのおかげだよ」

「それをお聞きして、とても満足しました」

「それまた……どうして？」

「エレナ嬢には本当にお世話になってばかりですから。正直なところ頭も上がらないほどに。ですから、そんな方の助けになることができて本当に嬉しいのです」

彼女から助けてもらった回数と、彼女を助けた回数には雲泥《うんでい》の差がある。

それでも今回の一件で全ての恩を返せたような気持ちだった。

「……さて、長話もこのくらいに留《とど》めておきますね」

少し間を挟むことができて気持ちも楽になった。そして、これ以上は失ってしまう。

(想《おも》いを伝えるタイミングも、エレナ嬢が作ってくれたムードも……)

緊張や恥ずかしさで今すぐにでも逃げ出したくなる。

それでも、勇気が出るのだ。

『恥ずかしいのは今だけよ。あたしのライバルなんだから、ここだけは勇気を出しなさい』

去り際にかけてくれたあのエールのおかげで。

「これから本題をお話ししても構いませんか。今までの状況から、もう全てバレてしまっていますが」

「……ん」

「ありがとうございます」

本題の波に乗った瞬間に襲ってくる緊張。

（今思えば、先にお伝えする方が正しかったのかもしれません……）

告白の場を共にするというのは、そういうこと。

想いを伝える前にもうバレてしまっていること。

全て見透かされているような感覚には恥ずかしさしかない。

それでも、ずっと準備をしてきたことなのだ。

（わたし、頑張ってください……）

十秒。いや、二十秒ほどの間を空けてしまう。でも、それが最後の覚悟を決めることができた時間。

「ほ、本題をお話ししますね」

「うん」

「……あ、あなたは、わたしがオススメしたラブロマンスの物語、読み終えてくださいましたか。『晩餐会《ばんさん》の前日には読み終えてください』とお願いをさせてもらったものです」

「もちろんちゃんと読んだよ。個人的にあの本がオススメされた中で一番楽しく読めたかな。描写もリアリティがあって、表現が文学的で、感情移入できることもあって」

「それはよかったです」

今回、彼にオススメした本は、晩餐会の途中に抜け出すことで恋仲に発展するお話。

身分差を題材にした内容の物語。

身分が高く、鈍感で優しい男性貴族は、恋した身分の低い女性貴族に想いを伝えることはしなかった。

それは大きな身分差があることで、告白を断れないような状況を作りたくなかったから。

『相思相愛でなければ、お互いに幸せになることはできない』という考えが男性貴族の中にあったことで。

それはまるで、ベレト・セントフォードのような男性。

そんな彼に想いを伝えられないのは身分の低い女性貴族も同じこと。

同じく恋していた女性貴族だが、大きな身分差というのは想いの言葉を伝えることすら拒ませてしまうもの。

だからその女性貴族はこう伝えたのだ。

「ベレト様、本日も満天の星が綺麗《きれい》ですね」

「ッ」

一言一句、間違えないように。

「このような日は、心がとても温かくなります」

「……」

物語の男性貴族はその意図に気づけなかった。

しかし、あの本を読書した者ならばわからないはずがない。

あの本で『本日も満天の星が綺麗ですね』とは、『今日も今日とて、私の大きな想いが広がっています』という意味。

『このような日は、心がとても温かくなります』とは、『あなたが傍《そば》にいることこそ幸せです』との意味。

「ふふ……」

言いたいことを言い終えたルーナは、続けてぎこちなく微笑《ほほえ》むのだ。

あの本の描写と同じ通りの行動を取るために。

『鈍感なあなたにはわかりませんよね』との含み。

〝自分の身分が低い〟からこそ、二つも三つも身分が高い相手に想いを伝えられないという哀愁を含んだもの。

直接伝えられないのは物語と同じ理由。この世界の摂理。

もし想いを伝えて結ばれた場合、権力を欲《ほっ》する同階級貴族が妬み、嫉《そね》み、羨み、悪い工作を仕掛けることがあるから。

もし結ばれなかった場合、『身の程を知らない無礼者』との噂《うわさ》が流れてしまうから。

身分の低い貴族は本来、想いすら伝えられない存在。

しかし、守ってくれる相手がいるならば話は別。

『もうこの先、どうなっても……』という覚悟があるならば話は別。

（……もう、顔から火が出そうです……）

こんなにも勇気を振り絞ったことは人生で初めてのこと。

目を丸くしている彼は、状況を整理しているようになにも言わないが、それは都合がよかった。

会話をするだけでもう我慢の限界を迎えてしまうのだから。

「わ、わたしはエレナ嬢に呑《の》まれたわけではありません……。自らの意思で……伝えています。それはこれで伝わると思います……」

今までこんなことはしたことはなかった。

ルーナは石塀から手を離し、一歩二歩と下がってみせるのだ。

水をかけてほしいほどに熱がこもった顔を。耳も、首元も真っ赤になっていることがわかっている顔を。

「こ、これがわたしの……想いです。身の程を知らない……わがままで生意気な想いです」

「ルーナ……」

無意識に握り拳になるその手は大きく震えてしまう。

「わたしは……エレナ嬢のように魅力があるわけではありません……。『好きにさせる』なんて言えません……。権力も身分も高くありません……。こんなメリットのないわたしがお願いをするなど、本来はできません……」

弱みを全てさらけ出し、『ですが』と、言葉を続けるのだ。

「あ、あ、あなたのことが……だ、だい、す、す……好き……ですから……」

消え入りそうな声だが、言うことができた。が、もう我慢の限界。

「で、ですから……今後もあなたの傍にいられる権利を、寵愛《ちょうあい》を受ける権利をいただきたいです。そのためであれば、わたしの頭からつま先まで、あなたの自由に……」

顔を伏せてしまう。

「この条件でも……難しいですか。エレナ嬢と同じように、わたしもあなただからこのような気持ちになったのです……」

「ちゃんと伝わってるよ。本当ありがとう、ルーナ」

「……そう、ですか」

『伝わっている』

その言葉を聞いた瞬間にさらに胸の鼓動が激しくなる。

返事が下される時なのだから。

「……ベレト・セントフォード。差し出がましいお願いなのですが、あなたのお返事はあの物語の通りに示してもらえますか」

「ええっ⁉」

「こんなにも勇気を出すのは、もう最後ですから……」

ベレトに近づくルーナは、震える手を胸元に置いてつま先立ちを。

（もし断られたのならこの場を去ってしまう……。でも、引き受けてくれるのならば……）

顔を上げて、ゆっくり目を瞑《つぶ》れば静寂に包まれる。

「……」

「……」

この心臓に悪い時間が一体どれだけ続いただろう……。

もう目を開けてしまおうか、そんな不安でいっぱいになった瞬間だった。

かすかに触れるような柔らかい感触が頬に伝った。

頬に柔らかい感触が伝い、思わずその箇所に手を当ててしまう。

「……ど、どうして、唇ではないのですか……」

恥ずかしそうに目を逸らしている彼に言う。

本の展開にはなかったことをされて。

「だってルーナが言ってたから。初めて一緒に商店街を回った時、『キスをするのは成人を迎えてから』って。体も震えてたから怖かったんじゃないかって」

「……」

「無理しないで自分のことは大事にしてよ。その、恋人になるんだから……」

頭を掻《か》きながら、恐る恐るというように伝えてくる。

（こ、これだから彼は……）

確かにそんなことを言った記憶がある。気を遣ってくれることも嬉《うれ》しい。頬に口づけをしてくれただけでも不満はない。

ただ、唇にして欲しいからあのように言ったのだ。

体が震えていたのは、ただ緊張していただけ。嫌がるわけでも、無理をしていたわけでもなんでもない。

本当に慣れていなかっただけのこと。

「二人きりだから言えるんだけど……好きだよ、ルーナ」

「っ‼」

息が詰まり、顔が一瞬で熱くなる。普段は出さない表情を露《あら》わにしてしまう。

彼がこんなことを言ってくれるなんて思ってもいなかったのだ。

もう言葉にはならない感情が湧き出し、心のタガが外れるような感覚があった。

我慢の限界だった。

「ベレト・セントフォード。少し腰を下ろしてください……」

「こ、腰を？　中腰ってこと？」

「はい」

なにも気づいていない彼だから、優しい彼だから、やりやすい。

腰を落としてくれたことで、大きな身長差もなくなる。

頭にクエスチョンマークを浮かべたまま、素直に動いてくれる恋人に……する。

「わたしも、大好きです……」

「ッ⁉」

彼の首に手を回し、唇に唇を重ねて。強く押しつけて。

「んっ……」

どのくらいしても満足できるものではないから、息が苦しくなるくらいに、長く……。

「わ、わたしは無理しているわけでもありませんから……。それだけ、わかってください」

「り、了解……」

口を押さえながら返事をする彼を見て、自分がしたことを思い返して、幸せな気持ちに包まれて、体の力が抜けていく。

だが、そんな情けない姿を見せるわけにはいかない。

少しでも誤魔化すためにバルコニーからの景色に目を向けた時。

「え……」

ルーナは予期せぬものを視界に入れることになる。

目玉が飛び出るほどに見開き、顎が外れるほどに口を開けているペレンメル家の御者を。

見晴らしのよいバルコニーの弊害がここで出てしまったのだ。

＊＊＊

「ねえあなた、ルーナに一体なにをしたのよ。顔を真っ赤にして廊下を駆けていったけれど……？」

「いや、その……」

「ふーん。言えないことねえ。まあルーナが口元を押さえてた時点でおおよそのことは察してるわ」

「あ、あはは……」

口に柔らかいものが当たったすぐのこと。余韻を感じる間もなく、状況は目まぐるしく変化した。

ルーナを迎えに来たペレンメル家の御者と目が合ってしまったことで。

彼女が最後に残したのは、『べ、弁明をしてきます。また学園でお会いしましょう』という別れの言葉。

そのすぐだった。エレナが様子を確認するように、バルコニーに顔を出して声をかけてきたのは。

「まあ、これ以上余計な詮索はしないであげる。ルーナのためにね」

「俺のためには？」

「あなたは例外」

「手厳しいなぁ……」

「今後はなにかと強くなってもらわないと困るもの。将来は上に立つ人なんだから」

関係性が変わっても、変わらず厳しいエレナ。

その感情が伝わったのか、眉を寄せながら首を傾けた。

「……こんなあたしだけど、嫌いにならないでちょうだいね？　まだ距離感が摑《つか》めないのよ……」

「大丈夫だよ。むしろ俺が愛想《あいそ》尽かされないように頑張らないとだから」

「ん」

目を細めながら噛《か》み締《し》めるように返事をするエレナは、明るい声色に変えて話題を移す。

「そうそう。遅ればせながらおめでとう。ルーナともお付き合いができたようで」

「あ、ありがとう。やっぱりわかるんだね」

「一杯一杯になっていたルーナだったから簡単な別れの挨拶しかできなかったけど、雰囲気でわかったわ」

「そっか……。なんかエレナから別の恋人ができたことを祝福されるのはちょっと不思議な感覚だよ」

「恐れられてばかりのあなただから、こんなに恋人ができるなんて思わなかったってことかしら？」

「そ、そんな感じかな……？」

前世があるゆえの『不思議な感覚』だが、これは心の中に留《とど》めておく。

「……それにしても、今日一日で一気に進んだわね」

「本当にね」

「あたしのお話で申し訳ないのだけど、まさかあんなに簡単にOKをもらえるなんて思ってなかったわ」

「え⁉ それは自分を卑下しすぎだよ。意識しないようにしてただけで、本当は心惹《ひ》かれてたし」

「それならもっと早く想《おも》いを伝えていればよかったわね。本当に……」

つい前にした告白の話題。

気恥ずかしい気持ちはエレナも同じなのか、こちらに顔を合わせようとしない。

こちらに背を向けるようにバルコニーから庭園を見渡している。

「……ねえ、せっかくなんだからあなたもこっちきなさいよ。肩を並べないのは味気ないわ」

「う、うん」

この誘いは断れない。断る理由もない。

エレナの隣に移動したベレトは、第一に恐々と下を確認する。

――目を離した間にもうあの御者はいなかった。恐らく空気を読んで正門に戻っていったのだろう。

「ベレト。あなたのお迎えはいつ頃？」

「多分だけどそろそろだと思うよ。『遅めに』って伝えてるけど、もういい時間だから」

「あらそう。それは残念ね。あなたとならこの見慣れた景色でも楽しく見られるのに」

「そ、そうやってすぐからかう……」

「ふふふ、本当のことなのに。証拠見せてほしい？」

「言葉に対して証拠見せられるの？」

「ええ。……これがその証拠」

その言葉をエレナが言い終えた瞬間である。

石塀に置く手に指を絡《から》めてくるエレナがいる。

まるで『恋人が隣にいるから見慣れた景色でも楽しく見られる』と伝えてくるかのように。

確かに証拠と言えるようなものだった。

「……ち、ちょっと大胆すぎたかしら」

「エレナは恥ずかしくないの？」

「恥ずかしいに決まってるでしょ。でも……こうしたかったことに変わりはないし、なにもしないことであなたが特定の人物だけ愛《め》でるのは困るのよ」

「たくさん求婚されてるエレナなのに、そんな不安はあるんだ？」

「だってあなたが初めてのボーイフレンドなんだもの……。嫌な思い出よりも、素敵な思い出をたくさん作りたいのよ」

「そ、そっか」

特別な関係になったからか、顔が赤くなってしまうようなやり取りがたくさん耳に入ってしまう。

このバルコニーが廊下のように明るくなくて本当によかったと思う。

「それに、ベレトの周りは素敵な子ばかりでしょ。ルーナにシアに……これからもっと増えるかもしれない。だから当たり前の不安よ。あなた不器用だから、配分とか考えられないでしょうし」

「なんか悪口が聞こえたけど。最後」

「じゃあ、平等に扱う努力をしてくれる？　極論だけど、誰かと体の関係を持ったら……とか」

「そ、それはさすがに気が早くない？」

「だ、だから極論って言ってるじゃない……。このくらい平等に扱う努力をするようにお願いしてるの」

「う、うん。わかったよ。じゃあその時は」

「え、ええ。別に変なことではないのだから、素直に教えてちょうだい」

「……」

「……」

ディープな話になれば、自然と会話が止まってしまう。

だが、この空気を打開する光景が偶然にも生まれるのだ。

「……あっ、ルーナが見えたわよ。下に」

「お！　多分こっち向くかも」

「じゃあ……この手は離しておきましょうか。見せつけるのはどうかと思うし、気分を悪くさせるものでしょうから」

「本当優しいね、エレナは」

「これくらいは当たり前でしょ」

手の甲に置いていた手をエレナが離したその途端、タイミング良く見上げるルーナがいた。

「ルーナ、また学園で会いましょうね」

「気をつけて帰ってね」

「は、はい。本日は本当にありがとうございました」

声量を上げながら一階と三階とのやり取りを交わす。

エレナとベレトの言葉にぺこりと頭を下げたルーナは、そのまま庭園を早歩きで過ぎていった。

「……ね、ベレト。今度は手を繋《つな》ぎましょうか？　会場に戻るのはもう少しあとで」

「俺も言おうと思ってた」

「それ本当でしょうねえ？　後付けのように感じたのだけど」

「こんな嘘《うそ》はつかないよ」

透き通るような白い手を差し出され、照れ笑いを浮かべながら指を絡めるベレトである。

「今後はたわいもない喧嘩《けんか》とかしてしまうでしょうけど、いつまでもこんな関係が続くことを願っているわ」

「喧嘩する時と言えば、俺が悪いことをした時くらいじゃない……？　それくらいしか想像がつかないっていうか」

「『平等に扱う努力をする』なんて言ったのにも拘《かかわ》らず、あたしにはキスしてくれないものね」

「ッ、そ、それは……」

「大丈夫よ。あなたのことだから言うタイミングを計っていたのでしょうし」

諭されるように、見透かされていたように、ニンマリと笑みを浮かべてくる。

「でも、今回だけは『キスはしないで』って言っておくわ」

「なんか……振られた気分」

「あ、あのねえ……。〝今日は〟しないでって言っているだけよ……。それくらいわかりなさいよ」

呆《あき》れ混じりに眉をピクピク動かすエレナは、恋人繋ぎをした手にギュッと力を入れてくる。

「今回だけは特別なのよ。ルーナかなり頑張ったでしょう？　その頑張りに免じて今は上書きしたくないだけ。〝一番最初〟にあなたの恋人になったのはあたしだから、このくらいの余裕は見せておかないとだもの」

それでも譲れないところはあるのか、しっかり一部分は強調している。

「……エレナも頑張ってくれたのに」

「あら、あなたはそんなにキスしたいの？　あたしと」

「したくない人と恋人にはならないよ。エレナのことが好きじゃないと恋人にもならないし」

「ふふっ、ありがとう」

からかい半分の言葉だったが、肯定されてご機嫌に微笑《ほほえ》むエレナがいる。

「だけどごめんなさいね。もししてきたらしっかり怒るわよ。今日だけはね」

「わかった。エレナの気持ちを尊重するよ」

「さすがはあたしが惚《ほ》れた人」

「はは、なんだそれ」

今まで言われたこともないセリフに思わず噴き出してしまうベレトだったが、すぐに表情を戻す。

それはしみじみと思うことがあったから。

「俺もその余裕を見習っていかないとな……。エレナ達が異性と話してるところを見ただけでモヤモヤしたぐらいだし……」

「今のあたしに余裕があるのは、カラクリがあるだけよ」

「カラクリ？」

「そう」

コク、と頷《うなず》いたエレナは一拍置いて横目を向けてくる。そして目が合った瞬間、そっぽを向きながら教えてくれるのだ。

「あなたとね、間接的にキスは、してるから」

「……え⁉」

「あなたの唇に人差し指を押し当てたのは覚えているでしょう？　つまり、あたしが一人廊下に出てからは……そういうこと」

「なっ⁉　な……」

そんな素ぶりも全く見えなかっただけに、困惑と動揺が全面に出てきてしまう。

「ふふふっ。というわけで、あなたが落ち着いたら会場に戻りましょう？」

「……じゃあ手、離していい？　落ち着くために」

「ダメに決まってるでしょ」

「もう……」

その後、ベレトが落ち着きを取り戻すのに何分もの時間をかけてしまうことになる。

エレナが強弱を使って手を握ってきたり、肩を寄せてきたり、そんなイタズラをされてしまうことで。

＊＊＊

会場に戻れば晩餐《ばんさん》会も終了の時刻。

ルクレール家に挨拶を済ませ、迎えの馬車にご主人と乗った後のこと。

「今晩は本当に悦《よろこ》ばしいお時間となりましたね」

「えっ？　まだ言ってなかったと思うんだけど、もしかして気づいてる？」

「もちろんです」

「さ、さすがシアだなぁ」

誰よりもご主人のことを知っている。そんな自信があるばかりにニッコリと笑みを作るシアである。

（よい方向にお進みできて、私もホッとしております……。あのお二人ならば、本当に

……）

親を通しているわけではないため、『婚約』をしたのではないだろう。

これからもいろいろな貴族からアプローチをかけられるはずのエレナとルーナだが、あの二人ならそう簡単に誘いに乗るはずがない。

二人がどれだけベレトのことを思っているのか、その気持ちは十分に知っている。

加えて『ベレト様以上に素敵な男性はいない！』というのは、シアが心から信じていること。

「あの、ベレト様……」

「改まってどうしたの？」

「ご宿泊をされないでよろしかったのですか？　私のことを気遣っておりませんか？　私を一人で帰らせるのは……と」

他の貴族に仕えていたのなら、こんなことは絶対に口にしない。

自惚《うぬぼ》れた発言であるのは承知しているも、ご主人が相手だから言うのだ。

「うん？　なにその宿泊って」

「ルーナ様が先にご退出されたので、言えずじまいになってしまったと思うのですが、エレナ様はそのご計画も立てておられたかと」

「え？　それはさすがにないんじゃないかな？」

ピンときていないところはご主人らしいですが、女の勘がしっかり働いています。

（もしお泊まりをされていたのなら、きっとお身体《からだ》を重ねられていたことでしょう……。

本日は大変貴重な記念日なのですから……）

慕っているご主人が特別なことをするというのは、心に余裕のあるシアでもモヤッとすること。しかし、これればかりは割り切るしかない。

幸せを邪魔するような存在になるわけにはいかないのだから。

「ま、まあお泊まりするのはさすがに迷惑だからどのみち断ってたよ。これは気遣うとかそんなのを抜きにして。もちろんシアを一人で帰すことも心配だけどね」

「……あ、ありがとうございます」

（本当にお優しいベレト様です……。自惚れた発言を認めてくださって……）

お慕いしている相手と二人きりの空間で、こんなに嬉《うれ》しいことを言われるのは本当に困る……。

なにをしても笑って許してくれる。そんなご主人だと知ってしまっているからこそ、どうしても自制が利《き》かなくなってしまう。

立場上は絶対に控えなければならないことをしてしまいたくなる……。

いや、してしまう。

「ベレト様、本当に申し訳ございません……」

「えっ？」

頓狂な声を聞くシアは、ゴツゴツした男性らしい手を、自らの両手を伸ばして包み込む。

手のひらに伝わる温かい人肌は、心臓をドキドキと跳ねさせてしまう。

「あの、ベレト様……。私には一つだけ心配ごとがございます……。ベレト様は私との将来についてのお話を……覚えていますでしょうか」

まだ決定も確約もされていないが——学園を卒業してからも、専属としてお側《そば》にいられる権利を。

——この先もずっと一緒にお過ごしできること。

「もちろん覚えてるよ。って、絶対に忘れたりはしないって」

嫌な顔をせずに言ってくれる。正直、そう言ってくれることもわかっていた。

でも、女々しいことに不安を覚えてしまう。

（エレナ様にルーナ様……。本当に魅力的な方を恋人にされたからこそ……）

「私とそのようなお約束をされたこと、後悔されておりませんか……？」

「待った！　もしかしてそれが心配ごと？」

「は、はい」

敬愛している相手だからこそ、自分がお荷物になるような存在にはなりたくないのだ。

もしその気持ちが一ミリでも発生したのなら――。

「――っっ⁉」

不意のことだった。

頬を摘まれる感覚が襲ってきたことは。

シアは視界に入れる。包んでいるご主人の手とは逆の手が、こちらに伸びていることを。

「ねえシア。その言い分はつまり、この約束を結んだことを後悔してて、なんとか白紙に戻そうと俺を誘導しようとしてるってこと？」

「っ‼　そ、そのような後悔を私がするはずが……‼」

我慢ができずにムキになってしまった。

誠意を向けるように顔を合わせれば、優しい眼差《まなざ》しを向けられていることに気づく。

「俺も同じだよ。俺だって本気でそう思っているんだから、冗談でもそんなこと言われたら嫌な気持ちになるよ」

「も、申し訳ありません……」

冷静になれば、普段の自分ならわかっていたことだろう。

しかし、不安な気持ちが安心できる言葉を聞きたがってしまった。

「まったくもう」

呆《あき》れたようなご主人の声に顔を合わせられなくなってしまう。

包み込んでいた手を離し、思わず目を伏せてしまう。

情けない気持ちに包まれ、思わず口を閉ざしてしまう。

そんな時、ご主人の声が耳元で聞こえた。

「……ごめんね、シア。いろいろと不安にさせちゃって」

「ベレト様がお謝罪をすることはなにも……！」

ご主人には言わせてならない言葉。上目遣いで顔を上げた瞬間だった。

「ぁ……」

頬を摘んでいた手が頭の上に――。

そのまま、優しい笑みを浮かべて撫《な》でられる。

「あ、え、うぅ……ぁ、べ、べべべベレト様!?」

「ねえ」

『コクコク』

頭が真っ白になって言葉が出てこない。今できるジェスチャーで返事をする。

「あ、あのさ？　その……シアがよかったらだけど、あの約束……正式なものにするよう早く動いてみる？」

「っっ⁉」

「その分、もう白紙には戻せないかもだけど……それでもいいのなら、すぐにでも動くようにするよ」

「……」

緊張を含んだ声で伝えられる。

——恋人を作ったことで、今のままではずっと不安にさせてしまうと考えてくれたのだろう。

——先ほどの案が、一番安心させることができると考えたからだろう。

勇気を出してこう言ってくれたのは、全部こちらのことを想《おも》って。

「……シア？」

「ほ、本当によろしいのですか……？」

「当たり前だよ。俺を一番助けてくれてるのはシアなんだから」

「っ」

侍女として報われる幸せな言葉。ご主人に言われると一番嬉しい言葉。

そして、エレナとルーナ、二人と同じところに立てたと思えた瞬間、涙腺がぶわっと緩む。

「は、はい。ぐずっ……。お願い……いたします……」

「ちょ、シア大丈夫⁉」

その止まらぬ涙をご主人の大事な衣装につけてしまった。

侍女としてのあるまじき失態と、幸せな気持ち。

その両方を汲《く》み取ってくれたように、手を包み込んで握ってくれるご主人でした。

第七章　晩餐《ばんさん》会後のアリアとサーニャ

「本日もお付きをありがとう。この辺りで結構ですから、あなたは他の仕事をお願いできますか？」

「とんでもないことです。かしこまりました」

「サーニャ、あなたはもう少しわたくしに仕えてくださる？　先ほどお願いした通り、髪のお手入れを任せたいの」

「承知いたしました」

こちらもまた晩餐会を退出し、屋敷《やしき》に戻ったアリアが湯浴《ゆあ》みを終えた後のこと。

専属侍女のサーニャと共に寝室に入る。

そして、数秒後のこと。

両開きの扉が閉まった瞬間、アリアは偽りの仮面をすぐに外すのだ。

「ぐはあ〜。疲れたあ〜」

「お疲れ様でした。アリアお嬢様」

大の字でベッドに倒れ込むアリアと、その光景を当たり前の顔で見つめるサーニャ。

「今宵《こよい》の晩餐会は楽しめましたか？」

「うんっ！　今年で一番！」

「それはなによりです。……喉のお調子はどうですか？」

ベッドに顔を埋《うず》めて視界を真っ暗にさせているアリアだが、サーニャの声が真剣なものに変わったことに気づいている。

変に誤魔化すこともなく、冗談を言うわけでもなく、素直に答えるのだ。

「そんなに心配しなくても大丈夫だよ。抑えられるところはちゃんと抑えて調整したから、次のステージでもコンディションは悪化しないはず」

「そうだと良《い》いのですが」

工夫を凝らして声帯の負担を抑える歌い方をしているおかげで、過度なスケジュールもこなせているアリア。

言葉を言い換えるなら、加減をした歌声でも、観客に感動を届けられる天性の才を持っているのだ。

「……」

そんな才能の持ち主に全力で、気持ちよく歌えるようなスケジュールを立てることができたら——というのは、サーニャが心の底から思っていること。

「さて、アリアお嬢様。いい加減にベッドから起き上がってください。その体勢では髪のお手入れができません」

「もうこのまま眠りた～い」

「眠らせませんよ」

「う～」

「『う～』じゃありませんが」

「じゃあ抱っこ」

「ぞんざいに扱っても構わないのであれば」

「はぁい」

ベッドに活力を吸われてるように脱力している。そんなアリアの足をグイグイ引っ張り、下半身をベッドの外に出したサーニャは、文字通りに抱きかかえて椅子に座らせる。

こんなことができるのは、小柄で体重が軽いアリアだから。

なにより二人の信頼関係が相当なものだから。

「それでは素早く終わらせますので」

「あい」

時間を取らせるのはアリアの負担になる。それを念頭に置いているサーニャはすぐに櫛《くし》を使って手入れを始めていく。

そんな矢先、遅すぎる質問がいくつかされることになる。

「ねえサーニャ。さっきから気になることがいくつかあって〜」

「はい」

「どうして至るところに濡《ぬ》れタオルが置かれているの？　枕元にもあったけど」

「空気を湿らせることで喉を癒《いや》す効果があるそうです」

「えっ？　そんなお話は聞いたことないよ？」

「とりあえず数日は続けますので。他にも本日より首元を温めながら就寝していただきます」

「うーん。そんなことで効果が出るとは思えないけどなあ〜」

『数日も続けるの⁉』なんて反応にならないのは、マイペースなアリアらしいこと。

普段通りの生活ができさえすれば、あとは基本的にどうでもいいのだ。

「あとはね？　そこに置いてある紅茶……なんだか変な匂いがするよ？」

「ハチミツを混ぜてますから。そろそろ飲みやすい温度にまで下がったかと」

「……ハ、ハチミツ⁉　紅茶にハチミツ入れたの⁉」

「そうですが」

「そ、そんな気持ち悪いものを飲まないと……だめなの？」

顔を青くしているアリア。

紅茶にミルクを入れることすら『邪道』の世界である。

紅茶にハチミツを入れることは常識外のことで、考えの範疇《はんちゅう》にもない組み合わせなのだ。

「これも喉を癒す効果があるそうですから。濁りのない色、さらには味の合う茶葉を見つけるだけでも苦労したのですよ」

「普通の紅茶を飲むから……」

「許しませんよ。必ずお飲みください」

「うー……」

恐る恐るカップを手に取り、匂いを嗅ぐアリアは『ぐえ〜』なんて表情を見せている。

「これに喉を癒す効果があるなんて絶対嘘《うそ》だよ……」

「髪のお手入れが終わる前までに飲み切ってくださいね」

「ほ、本気で言っているの？」

「本気ですよ。どうしても受け付けないのであれば、せめて一口は飲んでください」

「紅茶にハチミツなんて絶対美味《おい》しくないのに……」

明らかな拒絶があるも、アリアはゆっくりとカップを口元に持っていく。

この原動力が働いているのは、自分のために淹《い》れてくれたサーニャの気持ちと、努力の痕跡を汲み取ってのこと。

——目を瞑《つぶ》りながら紅茶を口に含む。

ゆっくりと舌先で転がし、味わい、目を大きくしながら飲み込む。

「……」

そして間髪を入れずに再び紅茶を口に運ぶのだ。

結果、カップの中に入っていた紅茶はすぐに空。

次にアリアが取った行動は、ポットからハチミツティーを注ぎ、無言で飲み進めるというもの。

「お口に合いましたか？」

「う、うん……凄《すご》く。サーニャも……はい」

「私は結構です。アリアお嬢様が湯浴みされている際に、何度も試飲しましたから」

普段となにも変わらないサーニャだが、そのお腹《なか》は水分でタプタプである。

「それにしてもよくこの発想ができたね？　こんなに美味しい紅茶が喉に効くなら……」

「私にこのような発想はできませんよ」

「えっ⁉」

　驚くあまりに固まるアリアに答え合わせが始まる。

「濡れタオルの件も含め、今回のことは全てベレト様からお教えいただいたことです。考案者も私でよいと譲ってくださいましたから、効果が見られた場合には私もそれなりの力を得ることができそうです」

「で、でもどうしてそんな……」

「ベレト様はとても心配されておりました。アリアお嬢様のことを。今回お教えしたもので喉の調子が悪化するようならば、命を以《もっ》て償うとの覚悟を決めていたほどに」

「ま、ままま待って……！」

　予想外の名前に、頭を整理する時間が必要になる。

「どうしてあの方がわたくしの心配をそんなにも？　最後にご挨拶した時にもそのようなことは……」

「アリアお嬢様のお歌にそれだけの感銘を受けたからでしょう」

「そ、そうではなくて！　どうしてあの方はわたくしが喉を痛めていることを知っているの⁉　知っていないとそんなことは言わないはずだし、サーニャしか知らないことだよね⁉」

アリアの言う通り、『喉を痛めている』情報を知っていなければ、取るはずのない行動。

当然の反応を見せるが、サーニャも当然の対応を取る。

『なにを言っているの？』なんて表情で口を開くのだ。

「アリアお嬢様が直接お教えしたのではないですか。歌われた後、私がベレト様との間をお取り持ちしたのはそのためですし」

「ま、待って待って！　わたくしが……直接教えた!?　そんなこと絶対にあり得ないよ!?」

「今回の晩餐会、園庭に行かれた際に素でお話をされた殿方がいたのですよね？　辺りも暗く、素性がわからない状況だったからこそ、普段されないようなプライベートなお話を交わしたと」

「う、うん。お歌の前に。でもそれとこれはなにも関係が……」

「果たして本当にそうでしょうか」

「え？　ん？　……あ」

サーニャの言葉を聞き、頭を働かせれば――アリアはすぐに心当たりを見つける。

あの時に発した内容から。

『お母様やお父様の望み通りにしないとお家《うち》に貢献できないから失敗は許されないし、みんながみんなわたしのことを誤解しているから、いざ婚約した時にも取り繕うのは大変だし』

図らずも身分が高いことが伝わる言葉を。

『大雑把な説明になるけど、酷使することが増えてきた……みたいな感じかな。消耗品を使っているから、忙しい予定になると負担がかかって……ね』

どこかしらを痛めていると伝わる言葉を。

「あ、あれえ……。じ、じゃあ……あの方の正体って本当に……」

「お互い素性がわからない状況だったことに違いはないでしょうが、会話の中で素性を悟られたのでしょうね。ベレト様は」

「い、いやでもでもやっぱりそれはおかしいよ‼　わたくしの素を知ったのに、変わりなく接してくれて、こんなわたくしのためにもお金になる情報まで譲って……」

皆が好意を寄せるアリアこそ『非の打ちどころがない完璧』な姿。『麗しの歌姫』なのだ。

魅力のない素の自分を、偽った歌姫の姿を知っていながら、こんなことをするわけがない。

首をブンブン振り、サーニャの言葉に『ＮＯ』を伝えるアリアだが、次の瞬間にとんでもない反撃を食《く》らってしまうことになる。

「園庭からお戻りになられた際、アリアお嬢様がご機嫌にお話しされたではありませんか。『ありのままのわたくしを受け入れてくれた殿方がいたの』と。そのお言葉がおべっかではなく、真実だっただけでは」

「っ！」

麗しの歌姫の名を轟《とどろ》かせ、どんな褒め言葉も慣れっ子なアリアだが、『素を受け入れてもらうこと』に関しては、なに一つとして耐性を持っていない。

「実際、納得のいく人物でしょう？　立食をしながらのご挨拶へ誘導し、誰よりもアリアお嬢様を気遣ってくださった方なのですから」

「っ‼」

脳裏で笑顔を見せたベレトがはっきりと浮かんだ瞬間。
ポ、ポポ、ポポポポポ！　とみるみるうちに顔が赤らんでいく。
アリア自身、もう納得したこと。心の整理がついたこと。

「って！　それを知っていたなら、二回目にお話をする前に教えてほしかったよお～……。ずっとお話ししたいって思っていたんだから！　本当に‼」

「お教えした場合、変に緊張されたでしょう？　周りの目がある中、今のようになられることは好ましくありません」

「なっ‼」

この手の正論はもう耳に入れたくなかった。

頭の中がいっぱいいっぱいになるアリアは、空になった紅茶に手を伸ばすのだった。

その翌朝になる。

「ア、アリアお嬢様！」

公爵家の屋敷《やしき》には、喉の調子を窺《うかが》わせるような綺麗《きれい》な歌声が大きく響いていた。

その歌声を聞いた瞬間に取り乱すサーニャは、すぐにアリアの元に駆けつけていた。

「はあ、はあ。なぜ歌われているのですか、アリアお嬢様！　昨日は歌われたのですから喉を休ませてください！」

「げ……」

「『げ』、ではありません！」

心配からの怒りを表すのは当たり前のこと。

喉の悪化を進行させないように、歌った翌日に予定がなければ休声日を取る。

その約束を破られてしまったのだから。

「本当に一体なにを考えているのですか！　どうして悪化させるような真似《まね》をするのですか！」

「だ、だってぇ……」

「だってもなにもありません」

サーニャからこんなに怒られるのは久しぶりのアリアだが、アリアにだって言い分はある。

「だって喉がスッキリしてるから、すぐに歌いたい気分だったんだもん……」

「え？」

「だから少しだけ歌いたかったの……っ」

約束を破った方が１００％悪い。

非しかないアリアだが、喉になにも違和感がないという久々の感覚を味わったから。

『今日だけは気持ちよく歌えそう……』と。

『昔のように全力で歌えるようになりたい』という願いはずっと抱いていることで、歌うことがなにより大好きなのだから。

「サーニャがしてくれたことは本当に効果があったのっ！　濡《ぬ》れタオルに、ハチミツの紅茶に、喉を温めてお休みすることっ！」

「そんなにすぐ効果が見られるわけがありません。ただの思い込みです」

「思い込みで約束を破ったりしないもん！」

不服そうな表情を見てサーニャは理解する。本当に効果が表れているのだと。

それでも気持ちを緩めたりはしない。

「仮に調子がよくなったとしても、喉を休める日は必要ですよね。次の日に反動がくる可能性だってあるわけですし、喉を酷使しているせいで日に日に悪くなっているわけですから」

「でも……」

頭では理解していることも、好きなことに関してだけは頑固になってしまう性格であることもサーニャは知っている。

目を離せば満足するまで歌おうとするだろう。

専属侍女として全ての動きを察しているからこそ、昨日覚えた奥の手を使うのだ。

「あのですね、〝ベレト様のお気持ち〟を考えてください。アリアお嬢様のことを心配され、治ってほしいという思いで今回のケアをお教えいただいただけでなく、対処法の情報まで全てこちらに譲渡してくださったのですよ。こんなにも早く効果が表れたとなれば、ベルト様はそれほどの研究を重ねられていたことになります」

「……」

「つまり『世に情報を出せばさらなる富や名声を得られる』状態にあったものを、アリアお嬢様を心配するお気持ちだけでお譲りくださったのですよ。どれだけお心が広いのか」

「…………」

「さらには、状態が悪化すれば命を以てとおっしゃったことはご存じですよね。あまつさえ、ありのままのお嬢様を受け入れてくださった殿方によくもそんなことができますね」

「ご、ごめんなさいぃ……」

「ごめんなさいでは済まされないことをしていますが」

「はいぃ……」

両手で顔を覆い隠す麗しの歌姫、完全ノックアウトである。

歌を届けていた窓を閉め、めそめそとベッドに潜り込む。

専属侍女が主を堂々非難し、別の貴族を持ち上げるのは、全体で見ても稀《まれ》なことだろうが、全て事実を口にしているだけ。

「次に歌われるようなことがあれば、私はもう一切の協力をしませんからね。アリアお嬢様がテスト日以外も学園に通えるようお願いすることを含めて」

「……あ、あい」

「クラスのご指定までされて、学園にお話を通すことが一体どれだけ大変なことか……」

『平等』を謳《うた》っているあの学園だからこそ、楽には通せない内容になる。しかし、絶対に通す覚悟はあった。

今まで空いた時間はベッドで過ごし、自由に過ごしていたアリアが――。

『学園に通うよりゆっくりしたーい』なんて言っていたアリアが――。

このような心変わりをしたのは、間違いなく彼のおかげなのだから。

本人は『素の姿をバラさないように、お願いするため！』なんて言っているが、バレバレなのだから素直になってほしいと思っているサーニャである。

「第一、身内に心配をかけるような方はベレト様と関わるに値しません。親密になろうなど以ての外です」

「素をバラさないようにお願いするだけだもん」

「異性として意識されている方がなにを言いますか」

「……」

無言は肯定である。そして、この反応は嬉《うれ》しいものではある。

益を生ませ、相続や立場の面で優位に立つために、アリアをいいように使っている現状。

この現状を緩和させるために夫人と交渉したものの、次同じことをすれば解雇されてしまう。

ため息が出るような今の環境に比べ――。

寛容で優しさに溢《あふ》れ、いい意味で権力を優先せず、アリアにまで理解を示している侯爵家嫡男のベレトなのだ。

公爵家のお世話になっているサーニャだが、明るく、楽しく、苦労のないアリアの未来がどっちにあるのかと問われれば、迷わずに後者を指す。

「コホン。お話が外れてしまいましたが、本日は必ず安静です。わかりましたね」

「うん。ごめんなさい」

「理解して下さったのなら水にお流しします。それでは私はハチミツ入りの紅茶をご用意してまいります。ベレト様がお教えくださったハチミツ入りの紅茶を」

水に流すと言いながら、チクチク口撃するように某人物を意識させてくるサーニャ。

もちろん、やられてばかりのアリアではない。

「サーニャは〝そんなに〟気に入ったんだ？　あの人のこと」

「ええ、とても気に入りました。あの方にお会いするためだけに、学園に通おうとされているアリアお嬢様には負けますけど」

「……」

ただ、完璧に言い負かされる。

言い返すこともできず、目を丸くしてしまうアリアだった。

エピローグ

晩餐会《ばんさん》から二日が経《た》った月曜日。

カーテンの隙間から朝日が差す時間。

「んー。あぁー……」

その光が目覚ましとなるように、重苦しい声を漏らしながら重たい瞼《まぶた》を開けるベレトは、ぼやけた視界に映す。

「……え？」

「っ‼」

ドアップになった可愛《かわい》らしく驚いた表情の顔を。

ここは寝室。入室する相手は限られている。

「……シア？」

「は、はい！　お、おおおおおはようございますっ！」

「うん、おはよう……」

あわあわとした声が大きくなる一方で、距離を取っていくシアを見ながらベッドから上半身を起こしていく。

「う……。よく寝た」

「は、はい！　と、とても気持ちよく眠られていました！」

「あ、あはは……。だらしないところ見られちゃったな……」

寝起きでぼんやりしている今。

寝癖を立たせたまま、にへらと恥ずかしそうに笑うベレトを見て、思わず頬を赤らめるシアがいる。

「ありがとうね、起こそうとしてくれて」

「い、いえっ！」

「ん？　あれ、起こそうとしたってことは——寝坊⁉」

今までシアが起こしてくる前に起床していたベレトなのだ。

ヒヤッとした感覚に襲われたことで意識がハッキリし、風を切る勢いで時計を確認すれば、普段よりも早い起床だった。

「今日ってなにか予定入ってたっけ？」

「あ、あの……が、学園だけです！」

「学園での用事も特になかったよね……？」

「は、はい」

「……うん？」

「ぁ、ぁ……」

首を傾《かし》げるベレトと、冷や汗を浮かべるシア。

専属侍女としての矜持《きょうじ》があるからこそ、正直に答えるしかないが、疑問を生じさせることは自身を追い込む結果となる。

「じゃあ起こしにきてくれた理由って？　なにかしらの理由がないとこんなことするシアじゃないし……」

「ベレト様……！　ひ、一つだけ弁明をさせてくださいっ」

「弁明？」

「だ、第一に私はベレト様の睡眠を妨げようとしたわけではなく……‼」

「それはわかってるって。起こそうとしてくれたんだよね？」

「本当に申し訳ありません……。そのようなわけでもなく……」

「そうなの⁉」

予定が入っているわけでもなく、寝坊したわけでもない。

考えていることが全て外れてしまえば、もう何もかもわからなくなってしまう。

「あ、あの……ですね。その……ですね……」

「とりあえず自分のタイミングで大丈夫だよ」

もじもじと両手を絡《から》め、さらには視線を彷徨《さまよ》わせて本当に言いづらそうにしている。

できるだけ圧をかけないように優しい言葉をかければ、シアは顔を伏せながら蚊の鳴くような声を出した。

「ベレト様のお寝顔を……拝見しておりました……」

「ん？　寝顔を見てた⁉」

「も、もちろん今までこのような不埒《ふらち》な行いはしておりませんっ！」

クワッと目を見開いて、一生懸命説明している。

ただでさえ嘘《うそ》をつくことが下手な侍女なのだ。誤魔化している可能性は０％だろう。

「で、ですがその……エレナ様やルーナ様と同じように、私もベレト様の恋人になることができましたから……」

「なるほど……ね？」

「はい……」

言いたいことがなんとなくわかった。

目を合わせながら頬を掻《か》くベレトと、もじもじしながら徐々に後退しているシア。

一昨日の晩餐会を終えて帰宅した後、シアと今一度その話を詰めたのだ。

それを再確認する話題だからこそ、お互い恥ずかしさに包まれる。

「ちなみにだけど、〝昨日は〟同じことしてないよね？　今日が初めてだよね？」

「……」

「え？　その無言もしかして」

「して、しまいました……」

手で顔を覆いながら弱々しく白状するシア。

「ほんの少しだけでも……ベレト様とご一緒したくなってしまいまして……」

「それで俺が恥ずかしくなることをしてきたんだ。寝顔を凝視するっていう」

「ぎ、ぎぎぎぎ凝視ではなくほんのりです！」

目が泳いでいる。『凝視』を言い換えただけだと確信できる反応であり、シアと初対面の相手でも同じことを確信するだろう。

「はは、まあどちらにしても恥ずかしい思いをさせられてしまいましたと」

「ほ、本当に申し訳ありませんっ‼」

丁寧な口調を使ったことで本気度を感じたのだろうが、決して怒っているわけではない。

「大丈夫。フェアにさせてもらうから」

「えっ⁉」

「はい、こっちに来て」

ベッドから立ち上がり、両手を広げるようにして前に出すベレト。

羞恥心からどうしてもぶっきらぼうになってしまうが、雰囲気に流されてシアと恋人になったわけではない。

その想《おも》いがあるからこそ、口実を使ってもしたくなるものもある。

後づけにもなるが、『平等に扱う努力をする』という約束をエレナと交わしてもいるのだから。

「ほら早く」

「よ、よろしいのですかっ⁉」

「この仲だよ」

「は、はいっ！」

なにを求められているのか理解したのだろう。

今日一番元気な声を出すシアは、キラキラとした表情でパタパタ駆けてくる。

すっぽりと腕の中に入ってくるのはすぐのこと。

甘い匂いが漂う小さな体を受け止めたベレトは、優しい力を加えて抱きしめた。

「シア、一応言っておくけど学園の中じゃいつも通りにお願いね。品位を欠くようなことをするのもアレだから」

「承知しております。ですが、二人きりの時は……構いませんか？」

「二人きりなら」

「あ、ありがとうございます……」

密着しているからか、胸に頬ずりしながらお礼を言ってくる。

「さ、さて！　それじゃあそろそろ離れよっか。もう恥ずかしくなってきたよ」

「もう少しだけ、あの、お願いします……。まだフェアにもなっておりませんから……」

「も、もう……」

背中に回す腕にぎゅーっと力を込めて体を寄せて離すまいとするシア。そのおねだりにはもう降参してしまうベレトである。

甘やかせば甘やかすだけこちらが自滅してしまう。

そんな教訓を覚えた今日。

関係が変わり、新たなクラスメイトが訪れる学園生活が始まることになるのだ。

あとがき

皆さまお久しぶりです！

暑さの厳しい時期も少しずつ過ぎ、過ごしやすい気温になってまいりました。

四季の中で秋が一番好きなわたしは、より活気に溢《あふ》れております。


さて、ご挨拶もこの辺にしまして。

この度は『貴族令嬢《きぞくれいじょう》。俺《おれ》にだけなつく』の三巻をお買い上げいただき、ありがとうございます！


本巻では、エレナ、ルーナ、シアがさらなる前進をしたり、歌姫アリアと交流を図ったり、さまざまな進展がありました。

加えて終盤に向かうにつれ、今までとは雰囲気の違うやり取りをお見せすることができたのかなと感じております。

前巻、前々巻と同様にお楽しみいただけたのなら、とても幸いです。

また、今回も美麗なイラストで作品に華を添えてくださったイラストレーターさんのGreeN様、本当にありがとうございます。

イラストが送られてくる日を毎日のように楽しみにしておりまして、拝見するたびに喜んでおりました。

加えて担当さんや校正さん、本作に関わってくださった方々のおかげで今回も出版することができました。

こちらもまた本当にありがとうございます。

思い返してみますと、本シリーズの一巻発売は去年の12月発売でしたので、もう一年近くお世話になっていることに気づきまして。

今あとがきを書いている最中、感慨深い気持ちでいっぱいです。

さらには今年も残り二ヶ月ほどということで、時の早さを実感しております。

長くのお付き合いを本当に感謝申し上げます！

次巻につきまして、それぞれの関係が変わりました後になりますので、それぞれのキャラクターと甘めの展開が増えるかと思います。
それでは、今回もまた続刊できますことを祈りまして、あとがきの方を締めさせていただきます。

改めて本作をご購入くださり、誠にありがとうございました！

夏乃実《なつのみ》

お便りはこちらまで
〒一〇二－八一七七
ファンタジア文庫編集部気付
夏乃実（様）宛
GreeN（様）宛

富士見ファンタジア文庫

貴《き》族《ぞく》令《れい》嬢《じょう》。俺《おれ》にだけなつく 3

令和５年10月20日　初版発行

著者――夏乃実《なつのみ》

発行者――山下直久

発　行――株式会社KADOKAWA
〒102-8177
東京都千代田区富士見2-13-3
0570-002-301（ナビダイヤル）

印刷所――株式会社暁印刷

製本所――本間製本株式会社

ISBN978-4-04-075183-2 C0193

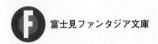

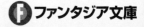

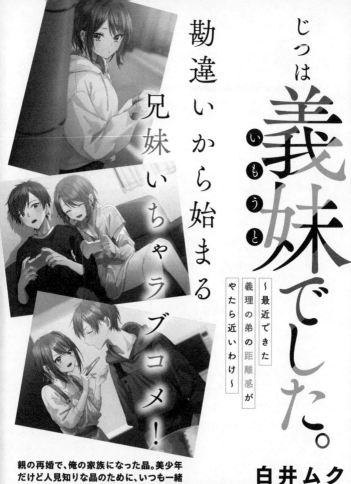

僕、兄貴のこと
すっごく好きだよ！
シリーズ
重版続々
大ヒット
発売中!!

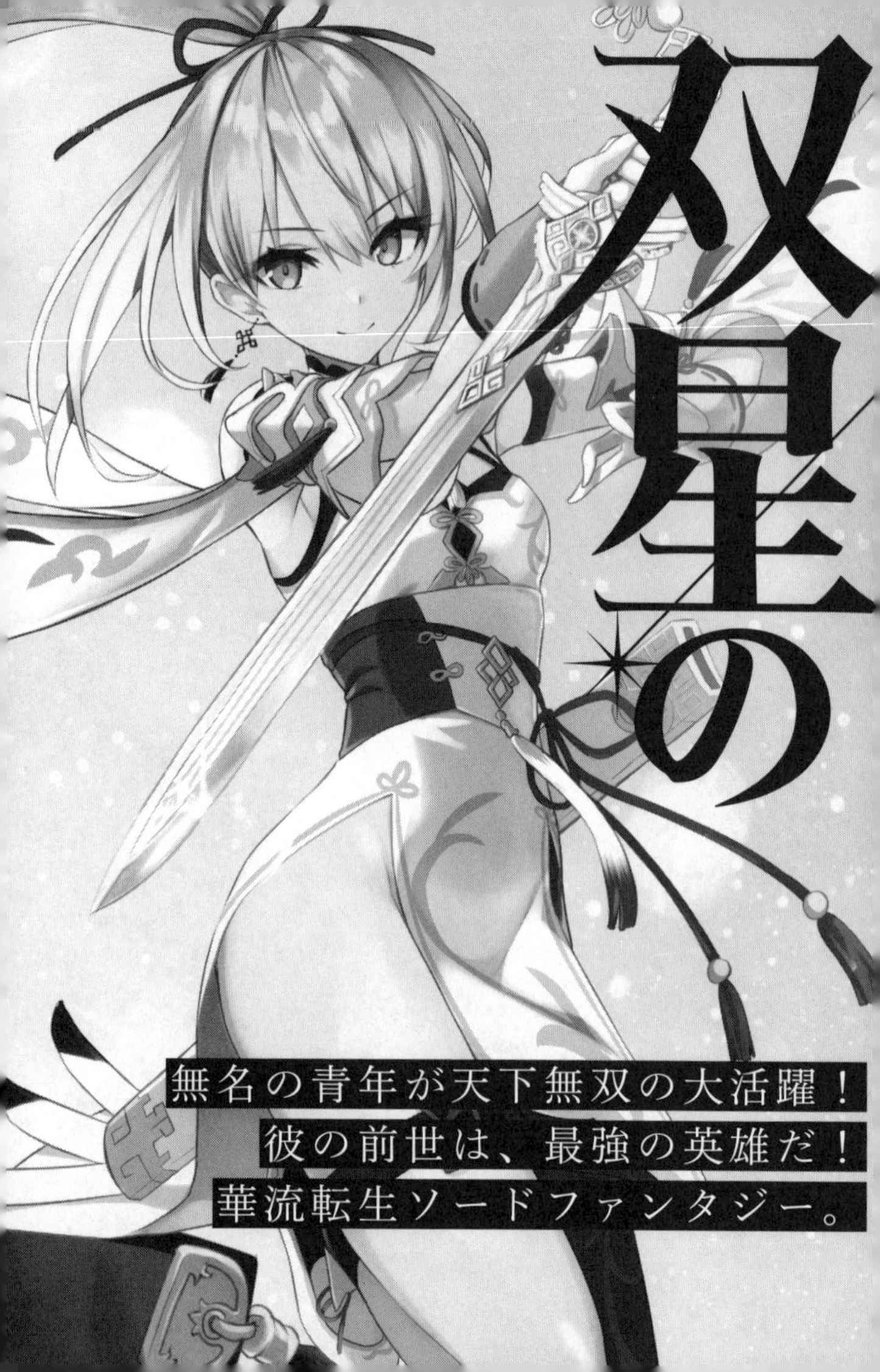
双星の
無名の青年が天下無双の大活躍！
彼の前世は、最強の英雄だ！
華流転生ソードファンタジー。

シリーズ好評発売中！
天剣使い
HEAVENLY SWORD OF TWIN STARS
名将の令嬢である白玲は、
一〇〇〇年前の不敗の英雄が転生した俺を処刑から救った、
才ある美少女。
それから数年後。
始まった異民族との激戦で俺達の武が明らかに――！
最強の白×最強の黒の英雄譚、開幕！
ファンタジア文庫

無自覚最強ハーレム！
シリーズ
好評発売中！
入学したら
妹が女騎士学園に
なぜか
救国の英雄になりました。
ぼくが。
After my sister enrolling in Girl Knights' School, I become a HERO.
author.
ラマンおいどん
ill. なたーしゃ
ファンタジア文庫

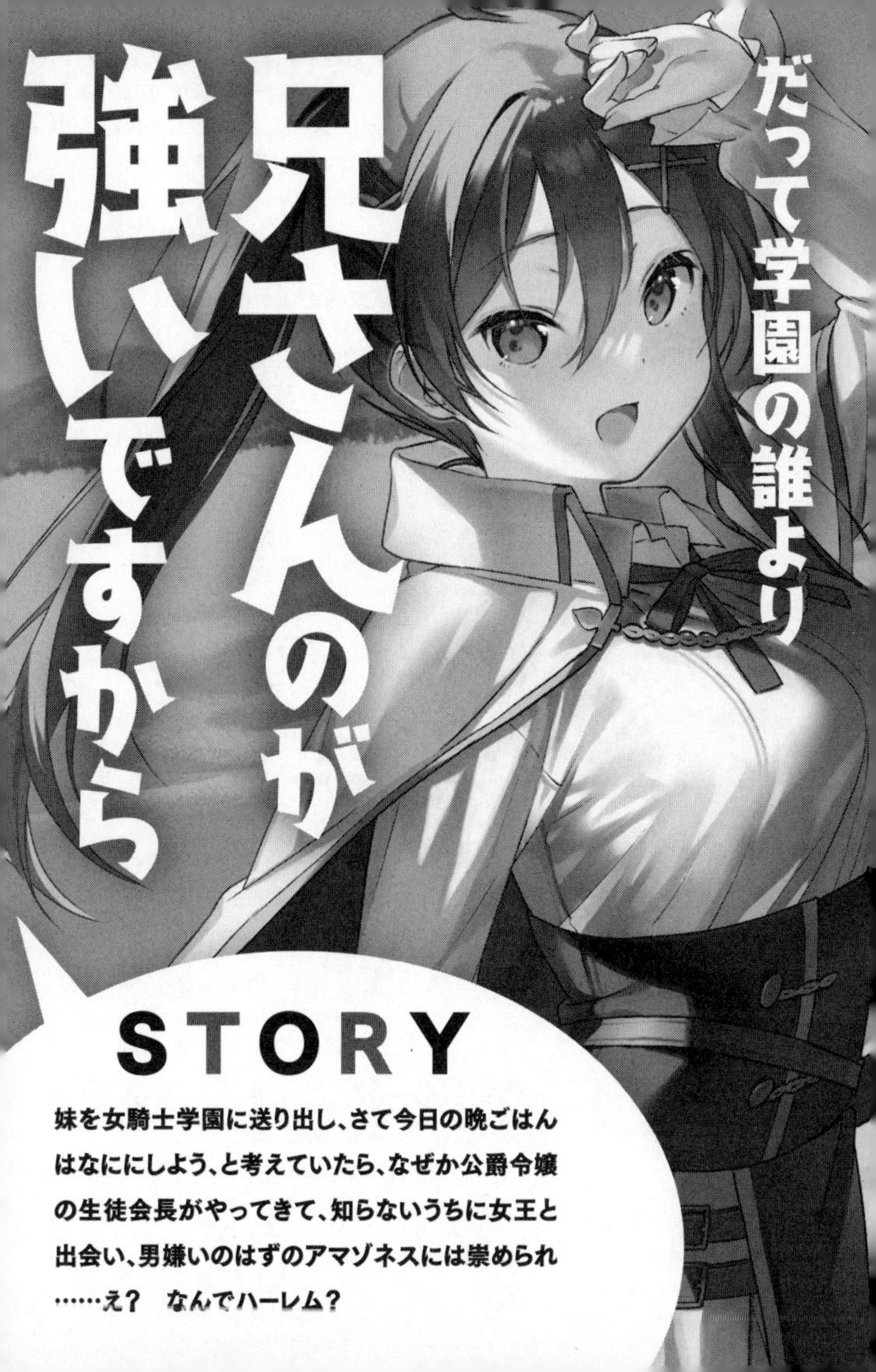
だって学園の誰より
兄さんのが
強いですから
STORY
妹を女騎士学園に送り出し、さて今日の晩ごはんはなににしよう、と考えていたら、なぜか公爵令嬢の生徒会長がやってきて、知らないうちに女王と出会い、男嫌いのはずのアマゾネスには崇められ……え？　なんでハーレム？

「す、好きです!」「えっ? ススキです!?」。
陰キャ気味な高校生・加島龍斗は、
スクールカースト最上位＆憧れの白河月愛に
罰ゲームきっかけで告白することになった。
予想外の「え、だって今わたしフリーだし」という理由で
付き合うことになった二人だが、
龍斗はイケメンサッカー部員に告白される
月愛の後をつけて盗み聞きしてみたり、
月愛は付き合ったばかりの龍斗を
当たり前のように自室に連れ込んでみたり。
付き合う友達も遊びも、何もかも違う2人だが、
日々そのギャップに驚き、受け入れ合い、
そして心を通わせ始める。
読むときっとステキな気分になれるラブストーリー、
大好評でシリーズ展開中!

ありふれた毎日も
全てが愛おしい。

済みなキミと、
ゼロなオレが、
き合いする話。

ファンタジア文庫
何気ない一言も
キミが一緒だと
経験
経験
お付
著／長岡マキ子
イラスト／magako

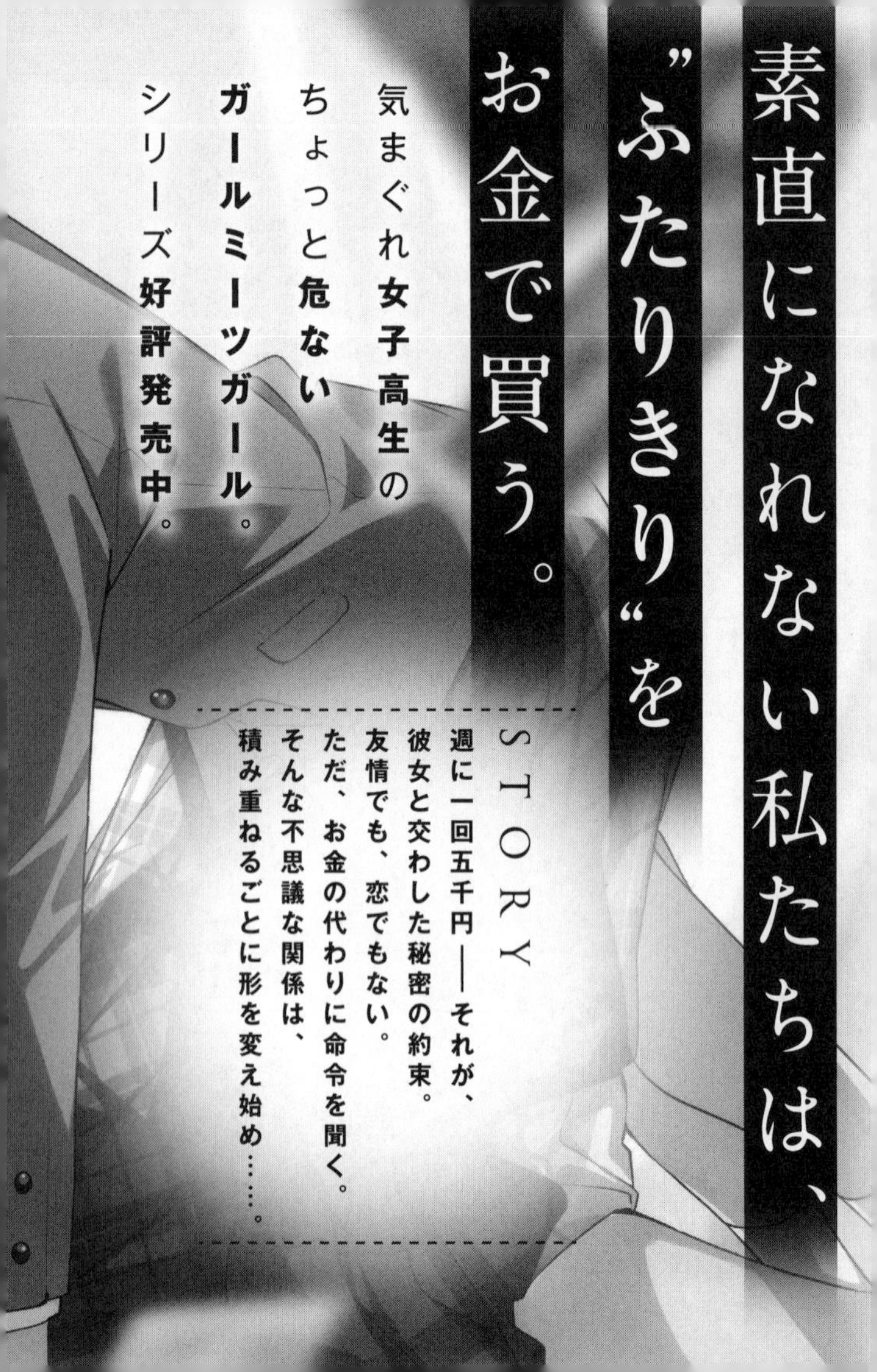
素直になれない私たちは、
"ふたりきり"を
お金で買う。
気まぐれ女子高生の
ちょっと危ない
ガールミーツガール。
シリーズ好評発売中。
STORY
週に一回五千円——それが、
彼女と交わした秘密の約束。
友情でも、恋でもない。
ただ、お金の代わりに命令を聞く。
そんな不思議な関係は、
積み重ねるごとに形を変え始め……。

ファンタジア文庫
週に一度
クラスメイトを
買う話
～ふたりの時間、言い訳の五千円～
羽田宇佐《はねだ・うさ》　イラスト／U35《うみこ》
USA HANEDA

切り拓け！キミだけの王道
ファンタジア大賞
原稿募集中！
賞金
《大賞》300万円
《金賞》50万円
《銀賞》30万円
選考委員
細音啓 「キミと僕の最後の戦場、あるいは世界が始まる聖戦」
橘公司 「デート・ア・ライブ」
羊太郎 「ロクでなし魔術講師と禁忌教典《アカシックレコード》」
ファンタジア文庫編集長
前期締切 8月末日
後期締切 2月末日
公式サイトはこちら！ https://www.fantasiataisho.com/
イラスト／つなこ、猫鍋蒼、三嶋くろね